Giuseppe Sinopoli

Parsifal in Venedig

Giuseppe Sinopoli

Parsifal in Venedig

Aus dem Italienischen
von Maja Pflug

Claassen

Die Originalausgabe erschien 1993 unter dem Titel
Parsifal a Venezia *bei Marsilio Editori, Venedig.*

Für Luigi Nono

www.claassen-verlag.de

Der Claassen Verlag ist ein Unternehmen der
Econ Ullstein List Verlag GmbH & Co. KG

2. Auflage 2001

Gesetzt aus der Stone Serif bei Franzis print & media, München
Druck und Bindung: Clausen & Bosse, Leck

ISBN 3-546-00252-0

Vorwort zur deutschen Ausgabe

Ein Mann verirrt sich im nächtlichen Venedig. Der Mann ist kein Fremder, er ist hier geboren, hat seine Jugend hier zugebracht. Und er verläuft sich auch nicht einfach. Er spürt, dass sich in dieser Nacht sonderbare Dinge zutragen werden. Er fühlt sich »eingemauert, gefangen in einem dunklen unentwirrbaren Labyrinth«. Er geht auf eine geheimnisvolle Reise, die immer mehr eine symbolische Dimension annimmt. Er ist unterwegs, »die kryptischen Wege des Bewusstseins zu erforschen, in die Abgründe der Finsternis einzutauchen, um dann wieder aufzusteigen ins hellere Licht einer neuen Erkenntnis«.

Das ist typisch Sinopoli. Der Mensch ist nur, was er kennt, hat er gesagt, »und was man kennt, ist immer zu wenig im Vergleich zu dem, was man kennen kann oder muss«. Deshalb hat er ständig studiert, hat seinen Urlaub nicht auf einer Jacht, sondern in der Universität von Rom verbracht oder bei Ausgrabungen in der Wüste. Deshalb hat er vier Wochen lang in den Kellern von Verdis Verleger

Ricordi die *Aida*-Partitur Takt für Takt mit dem Autograph verglichen und dabei viele Fehler im gedruckten Material gefunden. Deshalb ist er nach einem Dirigat meist nicht mit Freunden ins Restaurant gegangen, sondern ins Hotel, hat dort zwei Stunden beispielsweise über Darstellungen der mesopotamischen Baukunst zugebracht und am nächsten Morgen vor der Orchesterprobe noch mal eine Stunde. »Ich beginne immer wieder von vorn, weil ich für das, was ich ausdrücken will, nach neuen Aspekten, nach neuen Zugängen, nach neuem Licht suche.«

Ein Künstler, hat er gesagt, »muss ein Denker sein«; der »nichtdenkende Künstler« sei ein Produkt des 18. und des 19. Jahrhunderts, und mit beiden hatte er nicht allzu viel im Sinn. Mozart hat er nicht dirigiert, weil er sich der dämonischen Kraft in dessen Musik noch nicht gewachsen – weil er sich noch nicht kenntnisreich genug fühlte. Denn was Mozart geschrieben hat, »ist so angefüllt mit Kenntnissen und Erfahrungen, nicht nur im Bereich der Musik, dass heute keiner von uns so weit ist, ihn aufzuführen«. Harnoncourts Interpretation, immerhin, hat er gelten lassen. Er selber hat Mozarts Partituren nur gelesen – und gehofft, »ihn noch dirigieren zu können, bevor ich sterbe«.

Der Weltstar am Dirigentenpult – ein Mann des Wortes? Jedenfalls hat er seine musikalischen Interpretationen gern erklärt, hatte selber »Riesenprobleme, zu verstehen, was ein Kollege meint, ohne mit ihm darüber gesprochen zu haben«. Und er fand es höchst problematisch, wenn Kritiker, also

Journalisten, »über Interpretationen urteilen, ohne mit dem Dirigenten darüber gesprochen zu haben«.

Was also widerfährt einem solchen Mann im Labyrinth der Stadt, in der er geboren ist? Ein seltsamer Widerspruch zwischen der geistigen Klarheit, die er empfindet, und der Häufigkeit, mit der er sich auf seinen nächtlichen Wegen verirrt, lässt ihn Geheimnisvolles erwarten. Er kommt aus einer Probe des *Parsifal,* den er im Teatro La Fenice dirigieren wird (wenige Jahre bevor das Theater abbrennt). Einige von Wagners Leitmotiven sind ihm noch im Kopf, das Irr-Motiv zum Beispiel, später das Lanzen-Motiv, aber sie begleiten ihn nur. Er ist, das wird ihm nun bewusst, auf der »Spur einer Idee«. Er nimmt »die ikonographische Fährte eines Symbols« auf. Ein Symbol, dieses »kryptische, leuchtende Bild«, das weiß er, ist die Hinterlassenschaft des Heiligen in unserer Welt. Sucht er, wie weiland Parsifal, den Gral?

Die Spur, der er folgt, führt ihn weit hinein in die Welt der antiken Mythologien. Da kennt er sich aus. Für alles, was ihm vor Augen kommt, findet er Entsprechungen, sei es in den mesopotamischen Dynastien am Ende des dritten Jahrtausends, sei es in den sumerischen Votivtafeln aus der Mesilim-Periode, sei es in den Osiris-Mysterien des Begräbniskults der Ägypter. Ihm ohne Vorkenntnisse zu folgen, ist kaum möglich, aber das hält ihn nicht auf. »Ich glaube ganz fest, dass Kultur nur eine Angelegenheit von Eliten ist«, hat er gesagt. Von unserer Zeit hat er ohnehin »eine ganz pessimistische Meinung« gehabt: »Ich kenne kein Jahrhundert, in dem die Kreativität so auf der Stelle tritt wie heute.« Auch das erklärt seine Liebe zur Antike.

Dies ist das Buch eines studierten Archäologen. Seine Dissertation war abgeliefert, zwei Tage nach Sinopolis Beerdigung in Rom wäre der Termin seines Rigorosums gewesen. Dieser zweite Doktorhut war dem Musiker Sinopoli wohl noch wichtiger als sein Doktor der Medizin. Das Klischee vom Psychiater am Dirigentenpult hat ihn zunehmend verdrossen. Er fand es naiv zu glauben, dass gerade die psychiatrische Arbeit für seinen Umgang mit Musik so wichtig sei. »Vielleicht sind meine Studien über die rotfigurigen attischen Vasen wichtiger und meine Studien über Mythologie sind noch wichtiger.« Wer wie er alte hieroglyphische Sprache gelernt habe, »der hat auch die Geduld, ein Orchester zu stimmen«.

Und was entdeckt dieser Mann nun – fasziniert vom kryptischen Charakter der Mysterien des historischen Altertums – im venezianischen Labyrinth, auf der Spur einer Idee? Die Antwort ist erstaunlich. Das Symbol, dessen Fährte er gefolgt ist, heißt: Wiedergeburt. »Das Problem der Suche im Labyrinth gab sich allmählich als Bedürfnis zu erkennen, aus dem Tod wieder Leben erstehen zu lassen. Die ›Rückkehr‹ aus dem Labyrinth würde symbolisch die Überwindung des Todes anzeigen.«

Der verirrte Nachtwanderer erkennt den symbolischen Wert des Labyrinths als Ort der Wiedergeburt. Er begreift, dass Weisheit nicht nur notwendig ist, um das Labyrinth zu durchlaufen und das Zentrum zu erreichen, »sondern auch und vor allem, damit die zweite Geburt gelingt«. Diesen Begriff wiederholt Sinopolis Text in immer neuen Variationen wie ein Leitmotiv: die zweite Geburt oder Wiedergeburt zu einem höheren Seinszustand. »Die Rückkehr aus dem Labyrinth bedeutet die Überwindung des Todes.«

Die geheimnisvolle Reise beginnt am Teatro La Fenice. Und schon dort begegnet dem Wanderer das Symbol der Wiedergeburt: La Fenice, der Phönix aus der Asche. Sinopoli entdeckt den »Topos der Wiedergeburt« auch im Wasser der Lagune: »Es ist kein Zufall, dass in Venedig, der Wasserstadt, der Begriff der Wiedergeburt der Schlüssel zum Verständnis des Gründungsortes ist.« In Venedig, der »Stadt der Wiedergeburt«, erkennt er nun »in jedem Werk von Menschenhand Spuren der Idee des Labyrinths und des Übergangs vom Tod zum Leben«. Er findet solche Spuren schließlich auch in der Symbolik der Zahlen und der geometrischen Formen, über die er eine Menge weiß. Und alle diese Symbole beziehen sich aufeinander, enthüllen scheinbar kryptische Zusammenhänge. »Doch alle eint ein gemeinsamer Inhalt: die Wiedergeburt.«

Giuseppe Sinopoli hat diesen Text vor zehn Jahren für eine Art Privatdruck geschrieben. Er war ihm, wie Freunde wissen, immer sehr wichtig. Ob er die posthume Veröffentlichung wohl symbolisch gesehen hätte? 1995 hat er einmal gesagt, er sei jetzt sicher, dass er mit 55 Jahren kein festes Engagement mehr haben und nur noch fünf Monate im Jahr arbeiten werde, »denn man hat nur ein Leben«. Er ist 54 Jahre alt geworden. Ein Jahr später wäre er Generalmusikdirektor der Semperoper gewesen.

Den Tod am Dirigentenpult hat er sich nicht

gewünscht. Er hat sich auch nicht als Venezianer gefühlt. »Meine Seele stammt von einem Sizilianer, der vor 3000 Jahren geboren ist.« Nur das alte Sizilien hat ihn interessiert, »vom 8. vorchristlichen Jahrhundert bis etwa 1200 nach Christus«. Niedergelassen hat er sich auf der Insel Lipari, nördlich Siziliens, von Vulkanen und Meer umgeben – in einer Welt, »die das archaische Zeitalter ahnen läßt. Man kann hier Heraklit verstehen, der schreibt, dass alles Feuer ist, die Materie sich in Wasser verwandelt und das Wasser zu Luft wird. Das ist meine Welt. Hier möchte ich sterben.«

Giuseppe Sinopoli hat uns nicht verlassen. Er ist unterwegs in Venedig, auf den Spuren der Wiedergeburt.

Hermann Schreiber

Parsifal in Venedig

Im April 1989 hatte ich zugesagt, im Teatro La Fenice in Venedig *Parsifal* von Wagner zu dirigieren. Ich liebte diese Oper seit jeher. Mich verführte ihre ebenso faszinierende wie beunruhigende Vieldeutigkeit. Denn die »Falschheit« von *Parsifal* lag nicht nur an der – hinsichtlich der mittelalterlichen Überlieferungen – gewollten Christianisierung der Gralssymbolik, mit jener ausdrücklichen Betonung auf dem Schmerz der durch Sünde entstandenen Wunde (*Sündenqual-Motiv*) und der »moralischen« Haltung, die daraus abgeleitet wurde; sie lag vor allem an jenem dekadenten Ästhetizismus, der sich, in perfektem Einklang mit der zum Schreiben der Partitur benutzten violetten Tinte, wie durch Zauberei in eine formale Unbeweglichkeit verkehrte, die etwas Sakrales ausstrahlte.

Die Zeit scheint in der Wagner-Oper die gewohnten Parameter ihrer Untergliederung aufzuheben, um das Wesen des Rads anzunehmen, der Kreisbewegung mit unbeweglichem Motor im Zentrum.

Das Fortschreiten der Zeit wird im *Parsifal* aufgehoben durch die Umstände der Begebenheiten, *aufgehoben* im Hegelschen Sinn; und indem die Zeit eine eisige Abstraktheit annimmt, verscheucht sie jenes kontaminierende Moralgefühl, das darin vorhanden ist: Sie wird zur reinen Form.

Die Zeit stellt sich somit als Kreis und Rad dar, das sind die Symbole des Himmels. Ist der Himmel Sitz des Geistes, so folgt daraus eine »Sakralisierung«, die sich nur auf die Form auswirkt, dort wo der Raum, das Quadrat und die weltlichen Angelegenheiten einer Lektion protestantischer Moral verhaftet bleiben, deren Unfähigkeit, Verlustneurosen aufzuarbeiten, offensichtlich ist. Leitmotive von Schmerz und Trauer gibt es im Überfluss: *Sündenqual-Motiv, Wehmut-Motiv, Wunde-Motiv, Klage-Motiv, Schmerzenswehe-Motiv, Sehnsucht-Motiv, Öde-Motiv, Trauer-Motiv.*

Damit soll keineswegs eine Analogie zwischen Zeit und Himmel und Raum und Erde hergestellt werden; wir wollen nur eine äquivalente Symbolik zwischen Zeit und Raum und Himmel und Erde lesen. Die Verräumlichung der Zeit ist also auch das Herabkommen des Himmels auf die Erde, ihre Sakralisierung. Das, was im *Parsifal* nicht geschieht; dort wird nur die Form sakralisiert, das Fortschreiten der Zeit um die eigene Achse.

»Der Parsifal ist ja ein Operetten-Stoff *par excellence*«[1], aber auch, »zuletzt, ein sublimes und außerordentliches Gefühl, Erlebnis, Ereignis der Seele im Grunde der Musik [...] eine Synthesis von Zuständen, die vielen Menschen, auch ›höheren Menschen‹ als unvereinbar gelten werden«[2].

Diese Dinge dachte ich, als ich aus dem Theater trat und langsam die Calle de la Fenice entlang ging. Es war elf Uhr abends, ich hatte soeben die Klavierprobe für den ersten Teil des dritten Akts bis zur *Totenfeier* beendet. Ich hatte Elia Berg versprochen, dass ich, falls es nicht zu spät würde, noch bei ihm in der Calle de la Passion, zwischen dem Ponte de la Guerra und dem Ponte de l'Anzolo, vorbeikäme. Ich hatte ihn jedoch gebeten, nicht über Mitternacht hinaus auf mich zu warten.

Süd-Ost-Quadrant

Ich überquerte den Campo San Fantin; es war eine sternlose Nacht; der Mond stand am Himmel, seine Scheibe wie durch Zauberei noch beinahe kreisrund. Die Stadt war in jenes geheimnisvolle Schweigen gehüllt, das es nur in Venedig gibt. Ich vernahm das Trappeln eiliger Schritte, dann nichts mehr. Ich war stehengeblieben, um die Fassade des Theaters mit seinem Wappen zu bewundern, aber ohne eine besondere Absicht. Ich wandte mich nach rechts und ging in die Calle del Frutariol.

»›Am Wiederkäuen sittlicher und religiöser Absurditäten zu ersticken.‹ Kürzer: *Parsifal*«[3]. Nietzsches polemische Heftigkeit fiel mir ein: »*Heiligkeit* – das letzte vielleicht, was Volk und Weib von höheren Werten noch zu Gesicht bekommt, der Horizont des Ideals für alles, was von Natur *myops* ist«[4]. Ich hatte den Ponte dei Barcaroli überquert und wanderte die Frezzaria entlang.

Seit ich das Theater verlassen hatte, hörte ich im Geist mit leichter, überirdischer Beharrlichkeit ein Leitmotiv in mir nachklingen: das *Irr-Motiv*. Mich fesselte die verführerische, absteigende chromatische Tonfolge der Violoncelli, die sich einer schwierigen, fragmentierten und synkopierten Aufwärtsbewegung der ersten Geigen entgegenstellte; es war, als sei es leicht, den »Grund« zu erreichen, wo schmeichlerisch die Wollust lockte; der Gipfel dagegen schwer zu erringen und voller Irrwege und Abschweifungen.

Am Ende der Straße angekommen, bog ich nach links ab, getreu meiner schon als Junge gepflogenen Gewohnheit, wenn möglich neue Wege zu entdecken. Der Sottoportego führte mich in die Corte dei Pignoli, die rundum geschlossen war, ohne Ausgänge. Also kehrte ich um und nahm den gewohnten Weg, der mich durch den Sottoportego del Spiron d'Oro zu den Fondamenta Orseolo führen würde.

Der erste Gedanke zur Niederschrift des *Parsifal* kam Wagner im Juli 1845, nachdem er den *Tannhäuser* fertig komponiert hatte. Als er zu einem Kuraufenthalt nach Marienbad fuhr, nahm er die Gedichte Wolfram von Eschenbachs in der modernen deutschen Bearbeitung von Simrock und San Marte mit: »Mit dem Buche unter dem Arm vergrub ich mich in die nahen Waldungen, um am Bache gelagert mit Titurel und Parzival in dem fremdartigen und doch so innig traulichen Gedichte Wolframs mich zu unterhalten«[5].

Parsifal taucht in den Entwürfen und Vorstudien zur Niederschrift des *Tristan* wieder auf. 1854 schreibt Wagner: »Im letzten Akte flocht ich hierbei eine jedoch später nicht ausgeführte Episode ein: nämlich einen Besuch des nach dem Gral umherirrenden Parzival an Tristans Siechbette. Dieser an der empfangenen Wunde siechende und nicht sterben könnende Tristan identifizierte sich in mir nämlich mit dem Amfortas im Gral-Roman«[6].

In einem im April 1858 an Mathilde Wesendonck geschickten Manuskript findet sich sogar die Melodie, die an das Ohr des tödlich verwundeten Tristan dringen und den Besuch des umherirrenden Parsifal begleiten sollte.

In der letzten Entwicklungsphase des Zyklus von König Arthur bestand eine Tendenz, die Sage von Parsifal – von Perceval, um genau zu sein – und die Tristan-Sage zu verschmelzen. Vielleicht wusste Wagner davon, doch führten sein Instinkt und seine dramaturgische Strenge dazu, dass er diesen anfänglichen Plan eines Auftritts des nach dem Gral suchenden Parsifal im dritten Akt des *Tristan* wieder fallen ließ.

Ich hatte die Brücke, die Calle und den Campo Tron überquert, dann die Calle San Gallo genommen und befand mich nun in der Calle dei Fabbri.

Das Irr-Motiv verschwand nicht, sondern war beinahe zu einer »Kategorie« des Denkens geworden, die mir nicht bewusst war, aber einen unbestimmten Reiz auf mich ausübte.

Ich betrachtete alles aufmerksamer und länger als gewöhnlich und bemerkte, dass alles in der Stadt von weißen Steinen gerahmt war: die Ufer, die Brückenbögen, die Treppenstufen, die die Brücken hinauf und dann wieder hinunter führten, die Fenster und Türen der Häuser, die Schwellen der Kirchen und Paläste.

Ich erinnerte mich an die gipsernen, quadratischen sumerischen Votivtafeln aus der Mesilim-Periode. Weiß mit einem runden oder viereckigen Loch in der Mitte, woran sie an Haken oder keilförmigen Nägeln an den Tempelwänden aufgehängt wurden; sie waren ausnahmslos mit einem Rahmen versehen, der nicht nur das Bildfeld mit den Reliefdarstellungen begrenzte, sondern a priori dessen Wesen beeinflusste. Der Raum wurde »fixiert«, »stabilisiert«, abstrakt und zwang so den dargestellten Figuren sein Gesetz auf. Die Folge war, wie bei dem Figurenband der zylinderförmigen Rollsiegel aus der gleichen Epoche, die »Isokephalie«, das heißt die Reihung aller dargestellten Figuren auf einem imaginären Ausschnitt, und zwar alle gleich hoch, ob es sich nun um Menschen, Pflanzen, Tiere, Gegenstände, aufrechte oder sitzende Darstellungen handelt.

Der Rahmen bewirkte also einen formalen Zwang.

In jener Nacht wurde nicht nur der natürliche, sondern auch der psychologische Raum, in dem ich mich bewegte, plötzlich begrenzt, umschrieben.

So ergaben sich die Voraussetzungen für äußerst detaillierte, unablässige Beobachtungen und Reflexionen.

Alles war zwanghaft »fixiert«, »stabilisiert« durch den »Rahmen« aus weißem Stein. Ich dachte, dass Weiß Anfang und Ende symbolisiert: Weiß ist das Gewand des Kandidaten, der einen Erkenntnisprozess beginnt, einen initiatischen Weg beschreitet, um seine Lage zu verändern und von einem Seinszustand in einen höheren zu gelangen. In diesem Sinn ist Weiß die Farbe der »Wiedergeburt«, des Übergangs vom Leben zum Tod, der Achse, die den Orient mit dem Okzident verbindet, wo die Sonne auf- beziehungsweise untergeht.

»Das Problem der Erlösung ist selbst ein ehrwürdiges Problem. Wagner hat über nichts so tief wie über die Erlösung nachgedacht [...] Irgendwer will bei ihm immer erlöst sein [...] Wer lehrte es uns, wenn nicht Wagner, daß die Unschuld mit Vorliebe interessante Sünder erlöst? (der Fall im Tannhäuser). Oder daß selbst der ewige Jude erlöst wird, *seßhaft* wird, wenn er sich verheiratet? (der Fall im Fliegenden Holländer). Oder daß alte verdorbene Frauenzimmer es vorziehn, von keuschen Jünglingen erlöst zu werden? (der Fall Kundry). [...] Oder dass auch verheiratete Frauen gern durch einen Ritter erlöst werden? (der Fall Isoldens).«[7]

Unterdessen war ich durch die Calle Fiubera gegangen und beinahe automatisch nach rechts in die Calle Catullo eingebogen. Kurz darauf musste ich feststellen, dass der gleichnamige Sottoportego am Rio de le Procuratie endete.

Während ich wieder umkehrte, begann ich zu überlegen, dass sich in jener Nacht sonderbare Dinge zutrugen. Dass sich ein Thema während des Studiums einer Oper unangenehm in den Vordergrund drängte, hatte ich schon öfter erlebt, das durfte man nicht überbewerten. Was mich beunruhigte, war das Missverhältnis zwischen der unwahrscheinlichen Konzentration und geistigen Klarheit in jener Nacht und der Häufigkeit, mit der ich mich verirrte, trotz einer ungewöhnlichen Wahrnehmungsfähigkeit.

»Cosima Wagner ist das einzige Weib größeren Stils, das ich kennengelernt habe; aber ich rechne es ihr an, daß sie Wagnern *verdorben* hat. [...] Der Parsifal W›agner‹s war zu allererst- und anfänglichst eine Geschmacks-Kondeszendenz W›agner‹s zu den katholischen Instinkten seines Weibes, der Tochter Liszts [...] – zuletzt selbst ein Akt jener ewigen *Feigheit* des Mannes vor allem ›Ewig-Weiblichen‹. – Ob nicht alle großen Künstler bisher durch anbetende Weiber *verdorben* worden sind?«[8]

Während ich zur Calle Fiubera zurückging, wich das *Irr-Motiv* dem *Öde-Motiv*, aber nur für einen Augenblick, so wie am Anfang des Vorspiels zum dritten Akt, in jenem »Noch langsamer werdend«, das dem »Wieder wie zuvor« vorausgeht. Durch das kurze Anklingen dieses Themas begriff ich, wie sich das Irr-Motiv aus dem des Grals herleitet – beide ansteigend, vor allem auf verbundenen Intervallen aufgebaut – und wie der Verlust des Guten, während er die ansteigende Linie unterbricht und synkopiert, sich als »Verirrung« in der »Öde« darstellt.

»Richard Wagner, scheinbar der Siegreichste, in Wahrheit ein morsch gewordener verzweifelnder *décadent*, sank plötzlich, hilflos und zerbrochen, vor dem christlichen Kreuze nieder ... Hat denn kein Deutscher für dies schauerliche Schauspiel damals Augen im Kopfe, Mitgefühl in seinem Gewissen gehabt? War ich der einzige, der an ihm – *litt*? [...] Denn ich hatte niemanden gehabt als Richard Wagner ... Ich war immer *verurteilt* zu Deutschen«[9].

Vermischt mit dem Irr-Motiv, hörte ich im Geist Nietzsches zornige Stimme wettern.

Ich überquerte den Ponte dei Ferali und gelangte über die Marzeria San Zulian auf den angrenzenden Campo. Es war schon spät, aber ich wußte, dass ich mich in nächster Nähe der Calle de la Passion befand. Voriges Mal hatte ich sie, von San Marco kommend, über den Ponte de l'Anzolo erreicht. Diesmal würde ich über den Ponte de la Guerra kommen, der, wie ich wußte, neben der Kirche San Zulian lag; doch anstatt den kleinen, für mich an jenem Abend unsichtbaren Ramo zu nehmen, der den Campiello mit der Calle San Zulian verbindet, ging ich ein kurzes Stück an der Piscina San Zulian entlang und bog nach rechts in die Calle ein. Alles schien unwiderruflich. Um rasch den Rio zu überqueren, nahm ich die erste Straße links, dann den Sottoportego, die Calle und den Ponte Balbi und kam so in die Calle Sant'Antonio.

Ich bog links ab und landete erst in der Calle, dann in der Corte dei Boteri: eine Sackgasse. Noch nie war ich an diesen Orten gewesen; ich ahnte, dass ich nach rechts gehen musste; also nahm ich den Sottoportego, dann den Ramo und landete in der Corte Sant'Antonio, die nach allen Seiten geschlossen ist, ohne Ausgang. Ich hatte mich zweimal hintereinander geirrt. Ich beschloss, geradeaus weiterzugehen; nach der Salizada di San Lio nahm ich den Sottoportego Veniera und kam in die Corte: ebenfalls eine Sackgasse.

Nun machte ich nur noch Fehler. Ich kehrte um, konnte aber nicht mehr erkennen, was nach meiner ursprünglichen Orientierung rechts, was links gewesen wäre. Jede Calle endete in einem Scheideweg, und da es mir nicht gelang, eine bewusste

Entscheidung zu treffen, ging ich immer automatischer weiter. Das Irr-Motiv klang nicht mehr in mir nach, es war verstummt und hatte mich in einer völligen Stille zurückgelassen, die ein Gefühl von Leere erzeugte. Ich hatte mich verirrt. Immer noch sah ich überall die Rahmen aus weißem Stein, die nun etwas verstörend Zwanghaftes bekommen hatten. Ich fühlte mich selbst eingerahmt. Ich spürte, dass diese Rahmen vielleicht etwas mit meiner Verirrung zu tun haben könnten. In diesem Sinn würde der Weg, den ich ging, ganz weiß gerahmt sein: Er würde zu einem geheimen Weg werden, zu einer initiatischen »Reise«. Diese Nacht barg Geheimnisse. Ich beschloss, mich aufzumachen, die Reise zu beginnen, die kryptischen Wege des Bewusstseins zu erforschen, in die Abgründe der Finsternis einzutauchen, um dann wieder aufzusteigen ins hellere Licht einer neuen Erkenntnis.

Allmählich wurde mir bewusst, dass diese initiatisch und symbolisch ausgerichtete Sicht- und Denkweise jener Nacht von einer ganz besonderen Form der gefühlsmäßigen Erinnerung an die wunderbare und unwiederbringlich verlorene Jugendzeit beeinflusst war. Langsam kam mir wieder die Lektüre jener Jahre in den Sinn: Evola, Guénon, Eliade, und damit das unbeschreibliche Staunen und auch die Sicherheit, die das Alter kennzeichnen, in dem man die Welt erschaffen und zum ersten Mal durch den Zauberkristall der unendlichen Bibliothek sehen will. Mir war, als zögen sie mich wieder in ihren Bann, mit der gleichen schmeichelnden Verführungskraft wie damals.

Venedig hielt mich in seinem amniotischen

Schoß, um mich, wie damals, zu bewegen, die Welt und die Dinge wieder genau zu betrachten. Es konnte eine geistige Übung sein, vielleicht aber auch ein nachgiebiges »Zurückkehren«.

Zunächst passiv, überließ ich mich dem Labyrinth. Gedankenverloren ging ich dahin und starrte ins Leere; ich wanderte durch Gassen, überquerte Brücken, kehrte häufig ein- oder sogar zweimal an denselben Ort zurück; allmählich erfasste mich eine unbezwingbare Unruhe, gepaart mit dem dringenden Bedürfnis hinauszugelangen. Ich fühlte mich eingemauert, gefangen in einem dunklen, unentwirrbaren Labyrinth.

Ich befand mich also an irgendeinem Punkt des venezianischen Labyrinths. Eins wusste ich: Dass seine Typologie absolut einzigartig ist und sonst in keinem anderen labyrinthischen Bau der Vergangenheit vorkommt.

Hier gibt es gleichzeitig zwei Lösungsmöglichkeiten für das labyrinthische Problem, die keineswegs komplementär, sondern vielmehr divergent sind. Man kann das Zentrum zu Wasser oder zu Land erreichen. Die Wasserwege verlaufen nur selten und immer nur kurz parallel zu den Fußwegen, die in diesem Fall häufig rechtwinklige Abzweigungen gegenüber den zeitweise parallel zu den Wasserwegen verlaufenden Achsen aufweisen. Ich hatte zwei Elemente und zwei antithetische Bedeutungen vor mir.

Es gelang mir nicht, mich von den weißen Rahmen zu befreien. Das Problem der »Suche« im Labyrinth gab sich allmählich als Bedürfnis zu erkennen, aus dem Tod wieder Leben erstehen zu lassen. Die »Rückkehr« aus dem Labyrinth würde symbolisch die Überwindung des Todes anzeigen.

Venedig ist eine absolut einmalige Stadt, weil sie sich jeder geometrischen und funktionalen Organisation entzieht, wie sie für alle Stadtgründungen typisch ist, die dem Prinzip der sich schneidenden Nord-Süd/Ost-West-Achsen folgen oder sich an diesem orientieren. Die Stadt hat kein geometrisches Zentrum und weist keine eindeutige Ausrichtung ihrer Grenzen anhand der vier Himmelsrichtungen auf. Die Definition des Zentrums und die Lage des Ortes ergeben sich aus der natürlichen Doppelspirale, die der Canal Grande bildet – und der war an jenem Abend unerreichbar fern. In diesem Sinn wurde die Stadt nicht gegründet, es wurde kein Zentrum bestimmt, von dem aus man Orientierungsachsen anlegte. Man kann sagen, dass die Stadt wiederentdeckt wurde, dass ihre Gründung schon in uralter Zeit stattfand, dass die Naturgewalten sie allmählich im Lauf der Zeit schufen: Durch die antagonistischen Kräfte von Ebbe und Flut und die stets wandelbare Kraft der Winde entstanden nach und nach die großen und kleinen Inseln, die labyrinthartigen Kanäle und die »stabilisierende« Doppelspirale des Canal Grande. So bildete sich ein komplexes, auf Gegensätze gegründetes labyrinthisches System heraus, in dessen Innerem sich die beiden antagonistischen Strömungen der universellen kosmischen Kraft reproduzieren.

Es gibt keine Stadt, in der das Territorium so stark zersplittert ist und in der die Einheit dennoch so große Bedeutung hat. Es gibt keine Stadt, in der

Land und Wasser – erstes ist des zweiten Tod, im heraklitischen Sinn – sich so durchdringen, sich einander verweigern und in einer mysteriengleichen Symbiose verschmelzen, die an den Begriff von Leben und Tod gemahnt. Es gibt keine natürliche labyrinthische Struktur, über die sich nach und nach so konsequent das Werk des Menschen gelegt hat, dass sie zu einer Art Initiationslektüre wurde.

Die Hierophanie Venedigs wird durch diese wunderbare Harmonie der Gegensätze bekräftigt, durch das Zusammenleben von Widersprüchen, die auf ein beinahe mystisches Gleichgewicht zurückzuführen sind; besiegelt wird sie vom höchsten Symbol der Doppelspirale, die sie formt, bestimmt, fixiert und stabilisiert. Das Labyrinth – in seinen Erscheinungsformen in Mesopotamien, in Griechenland, in der römischen Welt ebenso wie in Australien, in Polynesien und in den Regionen Nordeuropas – ist immer auf die Spiralform zurückführbar, sei es in ihrer klareren als auch in ihrer kaum angedeuteten Gestalt. Ich wollte eine Bedeutung des Labyrinths finden, die die beiden antithetischen Elemente Wasser und Erde verbindet.

Ich dachte an das Labyrinth als Körper der Terra Mater. Ich kannte die Eigenschaften des Wassers als universaler Schoß, der alle Entwicklungsmöglichkeiten im Urzustand der Ungeformtheit in sich birgt; das Erdlabyrinth symbolisiert den Körper einer tellurischen Göttin.

»Wenn Bergwerksstollen und Flußmündungen mit der *vagina* der Mutter Erde verglichen werden, so gilt die gleiche Symbolik *a fortiori* für die Grotten und Höhlen«[10]. Höhlen wurden schon seit der Vorgeschichte mit Labyrinthen in Zusammenhang gebracht oder häufig in solche verwandelt.

Ich erinnerte mich, dass Walter Burkert[11] die Entwicklung der Nutzung der Höhlen in Kreta beschrieben hatte: zunächst Wohnung des Menschen, dann Begräbnisstätte, schließlich Heiligtum. Höhlen-Heiligtümer waren eine Besonderheit des minoischen Kreta. »Offenbar hat man gerade im schwer Zugänglichen, Unheimlich-Dunklen die Begegnung mit dem Heiligen gesucht«[12]. Hieraus kann man das Bedürfnis ableiten, die Struktur der Grotte oder Höhle durch labyrinthische Gänge komplexer zu gestalten.

Ein Höhlenlabyrinth zu betreten bedeutete, mit der Terra Mater und mit den dort ausgedrückten Inhalten von Leben, Tod und Heiligkeit in Beziehung zu treten. Das Labyrinth zu betreten war also auch eine mystische Rückkehr zur Großen Mutter Erde. Dies war vielleicht der Sinn der Ritzzeichnung, die in der Höhle von Vernapheto auf Kreta gefunden wurde und die eine »Herrin der Tiere« darstellt, umgeben von wilden Tieren und Fischen, mit Pfeil und Bogen, nackt und mit erhobenen Händen.

In Venedig, in den Labyrinthen zu Land und zu Wasser, versinnbildlichen und verflechten sich also das Bild des aquatischen universellen Schoßes und das der Terra Mater. In den Höhlenlabyrinthen werden nicht nur Initiationsriten und Bestattungsriten zelebriert, sondern es finden auch »Hierogamien« oder heilige Hochzeiten wie die von Dido und Aeneas, Thetis und Peleus, Medea und Jason statt. Bei all diesen Hierogamien steht das Höhlenlabyrinth für die angestrebte Identifikation der Braut mit der Mutter Erde. So ist die Hierogamie eine Art Nachahmung der kosmischen Vereinigung von Uranus und Gaia, der Erschaffung des Kosmos und des Lebens. Der homerische Hymnus besingt »Gaia! dich Allmutter«: »Heil dir, Weib des gestirnten Uranos! Göttermutter!«[13]

Im venezianischen Labyrinth vollzog sich eine andere Hierogamie: die zwischen Venedig und dem Meer. Der Doge warf einen Ring ins Wasser als Symbol der Vereinigung der Stadt mit dem Meer. Auf diese Weise war das Wasser für Venedig Mutter und Braut zugleich.

Die Hochzeit mit dem Wasser, dem universellen Schoß, enthält einen direkten Bezug zum Begriff der Mutter Erde, denn diese nährt alle »irdischen Wesen, / was die göttliche Erde begeht und was in den Meeren, / was in den Lüften sich regt«: »Allmutter, die alte, festgegründete Nährerin«[14]. Das Hochzeitsfest mit dem Meer wurde in der Doppelspirale des Canal Grande an deren unterem Ende gefeiert, im Becken von San Marco: im Zentrum. Auf diese Weise bildete sich eine noch engere Verbindung zum Labyrinth heraus.

Ins Zentrum zu gelangen ist das erste Problem im Labyrinth. Nicht allen ist es gegeben, den Weg zu finden, die Strecke zu erkennen. Auch für die, die in Venedig geboren sind und dort leben, ist es schwierig, eine absolute Sicherheit zu erlangen, die jeden Zweifel über die einzuschlagenden Wege beseitigt. Die Schwierigkeit nimmt noch zu, wenn es sich bei dem Ort, an den man gelangen will, um die Einheit Markusplatz-Dogenpalast handelt, und man von entlegeneren Bezirken dorthin aufbricht, denn die Komplexität des Wegs und der zu treffenden Entscheidungen wächst, je mehr man sich allmählich der zum Zentrum hin gelegenen Schleife der Doppelspirale nähert. Das fällt sofort ins Auge, wenn man einen Stadtplan oder eine Luftaufnahme der Stadt studiert. Die Komplexität der Verflechtung von Kanälen und Fußwegen zu Lande nimmt zur Peripherie hin ab, bis sie im Viertel Cannaregio im Nordosten der Stadt einen sehr symmetrischen, beinahe künstlichen Verlauf nimmt, bei dem die verschiedenen städtebaulichen Elemente – Kanäle, Fondamenta, Gebäude und Gärten – regelmäßig angeordnet sind, in sich wiederholenden parallelen Gürteln. Die drei Zonen, die von den Kanälen Sant'Alvise, della Sensa und San Girolamo umschlossen werden, und die jeweiligen Fondamenta, die die Fußwege zu Land bilden, zeigen jedoch einen erstaunlichen Aspekt: Sie sind alle nach Südosten ausgerichtet, zum Zentrum hin.

Die Schwierigkeit, das Zentrum zu erreichen, zeitigt bestimmte Folgen: Die Schutzfunktionen, zur Erhaltung und Wahrung der Geschlossenheit des Zentrums, die mit der Wahl des Gründungsortes der Stadt zusammenhängen, werden betont und verstärkt.

Das Merkmal, das potenziert wird, ist die Undurchdringlichkeit. Da das Labyrinth das Vordringen sehr erschwert, bekommt das Zentrum einen »selektiven« Charakter. Nicht allen ist die Möglichkeit gegeben, es zu erreichen, sondern nur diejenigen, die im Besitz einer »Qualifikation« sind, werden den rechten Weg erkennen und so jedes Mal, wenn sie vor einem Scheideweg stehen, in der Lage sein, die passende Wahl zu treffen.

Das Labyrinth kann in dieser Phase als Initiation betrachtet werden, die notwendig ist, um das Zentrum zu erreichen: Der Gang durch das Labyrinth wurde zum Initiationsritus und entsprach einer initiatischen Reise. So ist auch die Reise, die Aeneas bei seinem Abstieg in den Hades unternimmt, ausgehend von der Höhle, »der grausen Sibylle / einsam verborgenem Sitz. Ihr hauchte der Seher von Delos / Ahnenden Geist und Verstand in das Herz und enthüllt ihr die Zukunft«[15].

Zweifellos besitzt der sechste Gesang der *Aeneis* einen religiösen und initiatischen Charakter, der sich auch in dem sakralen Ton offenbart, welcher der phonischen Konstruktion der Verse zugrunde liegt. Mich interessierte, welche Bedeutung das kretische Labyrinth und die Geschichte von Daidalos annehmen, die in Vergils Erzählung beide auf den Türen des Apollotempels dargestellt sind.

Ich erinnerte mich, dass ich bei Guénon gelesen hatte, das auf den Türen dargestellte Labyrinth ersetze ein reales Labyrinth, das Aeneas zumindest im Geiste durchlaufen müsse, um auf seiner Reise voranzukommen. Doch besonders zog mich der Flug an, den Daidalos ersann, um aus der Gefangenschaft zu fliehen, und bei dem Ikarus den Tod fand. Zusammen mit dem Begriff der Initiation als Tod und demnach Abstieg in die Unterwelt, führt er auch den der Initiation als zweite Geburt ein, meisterlich dargestellt durch den Flug. Es gehört zum Fliegen, einen niedrigeren Bewusstseinsstand zu verlassen, um einen höheren zu erreichen. Der Flug symbolisiert den Übergang von einem irdischen und sinnlichen zu einem himmlischen und übersinnlichen Bewusstsein. »Er kam nicht übers Meer, nicht übers Land, und auch nicht vom Süden, der der tiefste Teil der Welt ist, zu uns: sondern er kam von Norden, hoch durch die Luft: denn in jenem Geist, der angezogen vom Denken, ist nichts Niedriges oder Irdisches, sondern er ist hohen und himmlischen Dingen zugewandt«[16].

Der Bau des Apollotempels durch Daidalos, nachdem er im Flug Cumae erreicht hat, bedeutet die Bereitschaft, die Weisheit zu empfangen.

Apollos Weisheit besteht »aus Wörtern, ist also etwas, das die Menschen angeht«[17], ganz anders als die dionysische, denn diese ist »die Chiffre seines Seins, [...] seiner Natur: [...] ist die ganz reale Unmöglichkeit, die in ihm ist, nicht etwas, das er anderen gewährt«[18].

Aus eben diesem Grund ist das Labyrinth – als Initiations-Vorgang, der für das, hier durch den Flug symbolisierte, Bedürfnis steht, dass aus dem Tod das Leben wiedergeboren werde – auf den Türen des Apollotempels, dem Ort der Weisheit, eingeritzt und wird von Aeneas im Geist durchlaufen, bevor er die Pilgerreise antritt, die ihn vom Tod zum Leben führen wird.

Weisheit ist nicht nur notwendig, um das Labyrinth zu durchlaufen und das Zentrum zu erreichen, sondern auch und vor allem, damit die zweite Geburt gelingt.

Die Schwierigkeit des Rückwegs ist ein grundlegender Aspekt im Mythos des Labyrinths, und aus dem Tod des Ikarus kann man eindeutig dessen selektiven Charakter ableiten. Der Rückweg per Flug – also der Übergang zu einer höheren Initiationsebene, die unumgänglich geworden war, weil Minos den gewöhnlichen Ausgang versperrt hatte – soll aufzeigen, dass der *exodus* manchmal Schwierigkeiten unterlag, die mit einfachen menschlichen Kräften nicht zu überwinden waren. Und das Böse, hier von Minos repräsentiert, konnte diese Schwierigkeiten noch vermehren.

Pausanias betont in seiner *Beschreibung Griechenlands,* wie schwer es ist, das Labyrinth zu verlassen und schildert »Theseus [...], als er nach dem Sieg über Asterion, den Sohn von Minos, aus Kreta zurückgekehrt war. Dies scheint die bemerkenswerteste seiner Taten zu sein; meines Erachtens nicht so sehr, weil Asterion all die von Theseus Getöteten an Tapferkeit übertraf, sondern weil die schwer zu bewerkstelligende Flucht aus dem Labyrinth und das heimliche Entrinnen nach vollbrachter Tat die Vermutung aufkommen ließ, dass sowohl Theseus selbst wie auch seine Begleiter durch göttliche Vorsehung errettet worden sind.«[19]

Die Weisheit als göttliche Vorsehung bildet also die Grundlage der Initiations-Vorgänge, die mit dem Labyrinth zusammenhängen. Wenn eine Stadt wie Venedig ein Labyrinth ist, symbolisieren die dort vorgegebenen Wege die Pfade, denen man mit Hilfe der Weisheit folgen muss. Die Symbolik des »Übergangs« ist eng mit dem Wissen verbunden, das notwendig ist, um jedem Gang im Leben und in der labyrinthischen Stadt einen religiösen und heiligen Wert zu verleihen und ihn als Wallfahrt zum Zentrum des himmlischen Jerusalem zu betrachten.

Das war der Sinn der Labyrinthe, die auf dem Fußboden einiger mittelalterlicher Kirchen dargestellt waren und deren Begehen als »Ersatz« für eine ideale Wallfahrt ins Heilige Land betrachtet wurde.

Es war also nicht wichtig, ob der Bußgang, wie in Orléansville, zu kurz war oder ob er, wie in der äußeren Vorhalle des Doms von Lucca, senkrecht angebracht war: Der Vorgang war vor allem ein geistiger, und der figurative Aspekt stellte den symbolischen Wert des Labyrinths als Ort der Wiedergeburt dar. Die im Mittelalter am weitesten verbreitete Labyrinthform war die mit zwei einfachen, Mäander bildenden Linien.

Auf einem Stich von Giacomo Franco, der auf das 17. Jahrhundert zurückgeht, wird die feierliche Prozession dargestellt, die in Venedig am Fronleichnams-Tag und bei anderen wichtigen Kriegs- oder Friedens-Anlässen stattfand. Ein langer Baldachin zeichnete auf dem Markusplatz den Weg der Prozession vor, die auf der Seite der Mole aus der Porta del Frumento des Dogenpalasts erschien und dann, nachdem sie ihren Rundgang um den Platz vollendet hatte, in der Markuskirche wieder verschwand, und zwar nicht durch das Hauptportal, sondern durch die letzte Türe links, die Porta di Sant'Alipio, im Nordteil der Vorhalle. Der Weg der Prozession, der sich auf den Steinen der Mole, auf der Piazzetta und dem Markusplatz dahinschlängelte, bildete einen Mäander. Die Friedenstage, die Kriegstage und der Fronleichnams-Tag hatten, wie der Mäander, die Bedeutung von Wiedergeburt.

Auf den Türen des Apollontempels in Cumae waren neben dem Labyrinth »der Mord des Androgeos und der Ehebruch der Pasiphae und der Hochmut des Ikarus dargestellt. Anfangs überlegt Aeneas und betrachtet diese drei Dinge, aber er hält sich nicht lang bei der Betrachtung dieser Leben auf, auch muss er das nicht, denn man muss sie rasch erkennen und sich dann sofort von ihnen trennen«[20]. So wird die Phase des Todes beschrieben, auf den das Leben folgt, dargestellt durch den Flug des Daidalos.

Auf den Türen des Weisheits-Tempels werden, außer dem Labyrinth an sich, bereits die Phasen der Suche nach der Wiedergeburt gezeigt: »Die Eingänge bedeuten die umfassende und reichhaltige Lehre, durch die wir zur Weisheit geführt werden. Die Türen bedeuten, indem sie ein Hindernis bilden für den, der dorthin gehen will, dass die Schwierigkeit in dieser Sache groß ist und die Türen sich nicht öffnen werden, bevor wir nicht die Gnade erlangt haben [...], denn Weisheit erwirbt man mit größtem Eifer der Seele. [...] Jedoch wählt er sieben Opfer: denn von der Zahl Sieben haben viele Philosophen gesagt, dass sie die vollkommenste ist: doch wird sie der Weisheit zugeschrieben und heißt Jungfrau und Pallas. Er bringt also sieben Opfer dar, weil er die Weisheit begehrt«[21].

Der Zusammenhang zwischen dem Opfer und der Weisheit, die benötigt wird, um das Labyrinth zu durchschreiten, führt dazu, die rituelle Tötung des Opfers als grundlegendes Moment für die Wiedergeburt des Lebens aus dem Tod zu betrachten.

Kerény erzählte hierzu das Mythologem von Rabie-Hainuwele, die durch den Sonnenmann geraubt wurde. Rabie war der mythische Name des Mondes. Die Tötung des Mond-Mädchens, an dessen Stelle rituell ein Schwein geopfert wird, bringt Leben und Reichtum auf die Erde. Aus ihrem getöteten Leib entstehen die Knollenfrüchte und damit die Vegetation, das Symbol für ständige Erneuerung und den Übergang vom Tod zum Leben.

Um eine »schöpferische Tötung« handelte es sich auch bei den mithraischen Initiations-Mysterien, bei denen, mit dem Stier-Opfer, die Tötung des Urstiers durch Mithra ritualisiert wurde. Aus dem Samen des Urstiers gehen die Tiergattungen hervor, und aus seinem getöteten Körper keimen die Pflanzen, die mit ihren Früchten den Lebewesen Nahrung spenden. Die Opferung wurde durch das Mondlicht gereinigt.

Ein weiteres Beispiel für schöpferische Tötung ist die Kreuzigung Jesu auf dem Kalvarienberg, Golgatha im »Zentrum der Erde«[22]; sie realisiert ein kosmisches Opfer. Aus dem Blut des Erlösers, das am Kreuz heruntergetropft ist, sprießen Pflanzen und Gräser, die Wunden heilen; ihre Arzneiwirkung steht im Einklang mit den Erlösungsfunktionen des Blutes Christi, der mit seinem Tod die Menschen von der Erbsünde erlöst.

In diesen Mythologemen taucht die Botschaft auf, die im Gedächtnis bewahrt und überliefert werden soll: die Überwindung der Idee von Tod und Verfall, die der ersten Geburt anhaftet, durch die zweite Geburt. Die Rückkehr aus dem Labyrinth bedeutet die Überwindung des Todes.

Der Initiations-Vorgang Geburt-Tod-Auferstehung wurde im Begräbniskult der Ägypter durch die Osiris-Mysterien gefeiert, wobei man sich der Sonnen-Symbolik anglich. Die Dreieinigkeit Ptah-Seker-Ausar stellte die Abfolge dieses Vorgangs dar: Ptah (Der, der öffnet) wird als Gott der Morgenröte mit der aufgehenden Sonne gleichgesetzt, die den Tag eröffnet; Seker oder Socharis (Der, der eingeschlossen wird) wird als Gott der nächtlichen Sonne mit der zeitweise begrabenen Sonne gleichgesetzt; Ausar oder Osiris stellt als Gott der Auferstehung die Sonne dar, die wieder zu neuem Leben aufgeht, nachdem sie die initiatischen Stadien durchlaufen hat, die im Amduat durch die zwölf Regionen dargestellt sind, welche den zwölf Stunden entsprechen.

Ein Basrelief im Tempel von File, heute Agilkia, zeigt eine eindrucksvolle Analogie der Osiris-Mysterien mit dem Mytologem des Mond-Mädchens Rabie-Hainuwele auf der Molukkeninsel Ceram. Der Körper von Osiris liegt, in der gewohnten Mumienform, auf einem Bett, gestützt von den Ideogrammen *ankh / user,* die entsprechend »Leben« und »Macht« bedeuten, während er von einem Priester mit geweihtem Wasser besprengt wird. Aus seinem von seinem Bruder Seth getöteten Körper wachsen achtundzwanzig prachtvolle Ähren, die zahlenmäßig den achtundzwanzig Tagen des Mondmonats entsprechen.

So ergibt sich gegenüber dem Mythologem von Ceram nicht nur eine Parallele von Bedeutungen, die mit der Notwendigkeit zusammenhängen, aus dem Tod das Leben zu erwecken, sondern auch ein Bezug zu den Inhalten der lunaren Symbolik.

Der Mond stellt mit seinen Phasen die auf kosmischer Ebene symbolisierten Möglichkeiten des Überlebens und der Wiedergeburt dar. »Wahrscheinlich hat die religiöse Wertung der lunaren Rhythmen die ersten großen anthropokosmischen Synthesen der Primitiven ermöglicht«[23]. In diesem Sinn stellt sich ein Zusammenhang zwischen Mond und Labyrinth her.

Die geheimste Bedeutung des Labyrinths ist tatsächlich die Überwindung des Todes und die Erklärung, dass dieses Stadium nicht in sich abgeschlossen ist, sondern dass auf jedes Eintreten eine Rückkehr folgen kann. Das ist auch der Sinn des Mythologems von Kore-Demeter: Auf den Abstieg des Mädchens in die Unterwelt folgt die Rückkehr, die den Menschen Leben bringt, dargestellt in dem vegetativen Ausbruch der Elemente, die im Körper der Mutter Erde enthalten sind, in Kreta symbolisiert durch die Höhlenlabyrinthe. »Denn die Botschaft des Mondes an den religiösen Menschen besagt«, andererseits, »nicht nur, dass der Tod unlösbar mit dem Leben verbunden ist, sondern auch und vor allem, *dass der Tod nicht endgültig, sondern immer von einer neuen Geburt gefolgt ist«*[24].

Die Intensität des Denkens hatte mich von dem unangenehmen Gefühl der Verstörung abgelenkt, das auf den Anfang meiner Reise gefolgt war. Ich erinnerte mich, dass mir ein englischer Freund anvertraut hatte, um aus einem Rasen-Labyrinth (*turfcut-mazes)* herauszufinden, müsse man gegen den Uhrzeigersinn und linksorientiert gehen. Ich beschloss, diese Richtung einzuschlagen.

Ich kehrte zu Mircea Eliades Gedanken zurück. »Der Mond verleiht dem kosmischen Werden religiösen Wert und versöhnt den Menschen mit dem Tod.«[25]

Vielleicht wird der *Maro*-Tanz, die Ritualisierung des Mythologems vom Mädchen-Rabie-Mond-Hainuwele, deshalb nur nachts aufgeführt.

Wenn das Ritual die Notwendigkeit ausdrückt, die »wirkliche Zeit« aufzuheben, um zum *illud Tempus* des Mythos zurückzukehren, dem Überbringer der Bedeutungen von Wiedergeburt, wird sich der rituelle Tanz auf diese Bedeutungen beziehen und in der Bewegung das Bild des Labyrinths darstellen, das ein Symbol für diese Inhalte und Bedeutungen ist. Der nächtliche Tanz wird dann, von Fackeln beleuchtet, an die Dunkelheit der Höhlenlabyrinthe und die Initiationsriten in Höhlen erinnern.

Die »Labyrinthisierung« des rituellen Tanzes erfolgte, indem von der Menschenkette, die *Maro* tanzte, spiralförmige Figuren gebildet wurden; diese Spiralen besaßen neun Windungen. Der Tanz fand vor einem Portal statt, das ebenfalls in einer Spirale mit neun Windungen erbaut war. Zweck des Tanzes war es, das Labyrinth zu überwinden, das in dem spiralförmigen Portal versinnbildlicht war, und zur Königin der Toten, *mulua* Satene, zu gelangen, die sich jenseits befand. Offensichtlich ist der Bezug zum Portal des Apollontempels in Cumae, auf dem das kretische Labyrinth dargestellt war.

Meine Überlegungen führten mich zu dem Schluss, dass sich die labyrinthische Symbolik in künstlichen festen Strukturen wie Gebäuden, steinernen Wegen, Ikonographien konkretisieren oder auch in der Bewegung, in der rituellen Handlung des Tanzes eine lebendige Form annehmen kann.

Angeblich hat Theseus – nach der Erzählung eines Scholiasten der *Ilias* Homers – nach seinem Sieg über den Minotaurus zusammen mit den geretteten jungen Geiseln einen Tanz aufgeführt, den er von Daidalos gelernt hatte. Dieser Tanz wurde *géranos*, Kranich-Tanz, genannt und von Tänzern ausgeführt, die in einer Reihe aufgestellt waren, wie man auf der in Vulci gefundenen Vase François von Ergotimo und Clizia beobachten kann, die sich jetzt im Archäologischen Museum in Florenz befindet. In einer *pelíke* von Hermonax wird auf Seite A die Tötung des Minotaurus durch Theseus in Anwesenheit Ariadnes dargestellt, während sich auf Seite B zwei junge Mädchen und zwei Jünglinge, die eine Leier halten, zum Tanz anschicken.

Die Ritualisierung des Labyrinths gleich nach Verlassen desselben steht für die Notwendigkeit, die Erinnerung an die Wiedergeburt ins Gedächtnis zu rufen und zu erhalten.

Auch in Delos tanzte man zu Ehren von Aphrodite, die mit dem Mythologem von Ariadne in Verbindung gebracht wurde. »Von Kreta absegelnd nahm Theseus Kurs auf Delos, opferte dem Gotte und weihte ihm das Aphroditebild, das er von Ariadne bekommen hatte. Dann tanzte er mit den Jünglingen den Reigentanz, den die Delier, wie es heißt, noch jetzt begehen, und der in Nachahmung der Windungen und Irrgänge des Labyrinths mit allerlei Verschlingungen in einem gewissen Rhythmus sich vollzieht. Diese Art des Tanzes wird, wie Dikaiarchos berichtet, von den Deliern Geranos (= Kranich) genannt«[26]. Als dann die Bewohner von Delos den Besuchern das Grab von Ariadne-Aphrodite zeigten, hatten sie deren Mythologem schon dem von Kore angenähert, das heißt, dem einer weiblichen Gottheit, die das Bild des Lebens und des Todes in sich vereinte.

Wenn man bedenkt, dass in Delos auch Artemis, die Schwester Apollos, als Schutzgöttin der Geburten verehrt wurde, begreift man wohl, dass diese Mythen die scheinbar kryptischen Zusammenhänge zwischen Geburt, Tod und Weisheit aufklärten.

So ist es auch bei dem *géranos*, dem Tanz, dem der Kranich den Namen gab, weil er »nicht nur ein vernunftbegabtes Tier und mit jener Form von Intelligenz ausgestattet war, die man *phrónesis* nennt«[27], sondern auch, nach Aristoteles, von einem Ende der Welt zum anderen flog und die beiden äußersten Punkte der Erde in Verbindung brachte und dadurch den Labyrinth-Tänzern ermöglichte, »Eingang und Ausgang zu verbinden, Ende und Anfang zusammenzubringen«[28], also wieder Leben und Tod. Sie »halten gleichsam den Faden der Ariadne in der Hand. Wie man jenen zuerst abwickelte und dann aufwickelte, ebenso führte ihr Seil die Geranostänzer zuerst *hinein* und dann *zurück*. Die Richtung bleibt dieselbe: Im Mittelpunkt der Spirale dreht sich der Tänzer um, indem er seine Bewegung in der ursprünglichen

Richtung fortsetzt. Doch ist es von nun an nicht mehr die Richtung des *Todes*, sondern diejenige der *Geburt.*«[29]

Die Einführung des Kranichs und des Flugs in das Bild des Labyrinths lenkt die Aufmerksamkeit auf den zweiten Teil des labyrinthischen Parcours: den Ausgang.

Die Symbolik der Vögel und des Flugs wird oft mit der der Engel gleichgesetzt und bezieht sich demnach auf höhere Bewusstseinsebenen; sie enthält implizit den Widerstand oder den Kampf gegen die niedrigeren Ebenen, die durch Reptilien dargestellt werden. Die Wiedergeburt als grundlegendes Element der Labyrinth-Symbolik wird im Flug durch die Luft noch weiter verdeutlicht. Bis jetzt wurden zwei Fälle betrachtet: der *géranos* und die Geschichte von Daidalos, und man hat gesehen, dass beide mit analogen Begriffen verbunden sind, der *phrónesis* und der Weisheit. Der Flug durch die Luft beinhaltet den Durchbruch auf ontologischer Ebene, indem er die Verwandlung von einem niederen Seinszustand zu einem höheren und jenen Übergang vom bedingten Sinnlichen zum bedingungslosen Übersinnlichen realisiert, der die Freiheit auszeichnet.

In diesem Sinn muss das Vorkommen geflügelter Wesen auf den attischen oder rhodischen Terrakotta-Vasen gedeutet werden, angefangen bei dem geometrischen Stil. Auf den Grabgefäßen künden die Vögel vom Übergang von der Erde zum Himmel, vom Tod zum Leben; sie definieren eine Wiedergeburt in die Freiheit und das Erreichen eines übermenschlichen Zustands.

Ein Symbol für Tod ist im protodynastischen Mesopotamien schon im ersten Viertel des dritten Jahrtausends der Adler mit ausgebreiteten Schwingen und Löwenkopf über zwei Löwen, wie auf der Siegesstele von Eannatum, zur Zeit der rivalisierenden Stadtstaaten Ensi von Lagash genannt, die auch als Geierstele bezeichnet wird. Dieser figurative Komplex, den der Herrscher in der linken Hand hält, umfasst das Netz, worin die besiegten Feinde gefangen sind, auf die gleich die Keule Eannatums herabsaust.

Auch ein 35 Zentimeter hohes Kultgefäß aus Silber und Kupfer, das einem nachfolgenden Ensi von Lagash, Entemena, gehörte und aus Telloh stammt, eines der herrlichsten Beispiele der protodynastischen sumerischen Kunst, zeigt auf dem mittleren Fries eine Reihe löwenköpfiger Adler, die mit ausgebreiteten Schwingen über Löwen und Ziegen mit rückwärts gewandtem Kopf schweben. Dieses Motiv wiederholt sich auf der gesamten Oberfläche des Gefäßes und verdeutlicht die ewige Rückkehr zu sich selbst, ad infinitum, die typisch ist für den Abdruck des Rollsiegels und die sumerische Seele.

Die Wiedergeburt nach vorausgegangener Todeserfahrung liegt auch dem rundum laufenden Mäander zugrunde, der die attischen Vasen aus dem 5. und 4. Jahrhundert v. Chr. und die griechischen aus dem 4. Jahrhundert v. Chr. ziert. Die labyrinthische Struktur, die in der Doppelspirale ihre Urgestalt findet, ist hier noch einfacher. Sie stellt sich in eckiger Form dar, aber die Bedeutung wandelt sich nicht. Auf einigen apulischen Volutenkratern findet man sogar geflügelte Wesen, Greife oder geflügelte Engel-Frauen, über denen eine Doppelspirale oder ein Mäander verläuft.

Die Abbildung eines Schwans auf der Rückseite einer attischen Amphora, die schwarze Gestalten mit Pferdekopf zeigt, ist absolut einmalig und bestätigt noch einmal die Bedeutung von Wiedergeburt nach der Todeserfahrung, da der Schwan zur hyperboreischen Symbolik gehört. Andererseits nähert die Form des Halses den Schwan der Symbolik der Schlange an, wodurch die Symbole des Flügelwesens und des Reptils miteinander verbunden werden. Auf diese Weise entsteht eine zusammengesetzte Symbolik, die den Gegensatz der beiden Zustände und die nachfolgende Wiedergeburt noch deutlicher vor Augen führt.

Die labyrinthische Struktur, die von den Menschen künstlich auf der natürlichen Doppelspirale des Canal Grande angelegt wurde, evoziert alle erwähnten Werte; im Falle Venedigs überlagern sich die Bedeutungen vom Wasser als Ur-Schoß und vom Labyrinth als Wiedergeburt in den labyrinthischen Anlagen der Kanäle, und der Begriff Mutter Erde für das Höhlen-Labyrinth kann mit dem des Gefäßes für Lebenskraft verbunden werden, der seinerseits mit dem Wasser zusammenhängt, das die Brunnen auf den venezianischen Campi enthalten.

Der Begriff der Wiedergeburt umfasst die Idee der »Dauer«: die Grenzen des Todes *ad infinitum* zu überwinden. Das Abwickeln und Wiederaufwickeln des Ariadnefadens bedeutet die Polarisierung einer unendlichen Linie in zwei Richtungen; die

Struktur der Labyrinthe entspricht den dauernden Veränderungsmöglichkeiten der Linie, dem Umstand, dass sie sich zuerst als Tod, dann als Leben definiert und auf den Mittelpunkt bezogen zur Spirale wird. Das Bedürfnis, die Grenze zu überwinden, die Schwelle des Sinnlichen zu überschreiten, sich »auszudehnen«, zur anfänglichen Einheit zurückzukehren, die erste Geburt und den Tod zu überwinden, all das beinhaltet die Idee der unendlichen Linie. Dies ist der Sinn des Unendlichen: keine Grenze zu haben, die von der Natur geschaffenen Bestimmungen und Trennungen aufzuheben. »Und als der Geist die Bewegung begann, sonderte er sich ab von allem, was da in Bewegung gesetzt wurde; und soviel der Geist in Bewegung setzte, das wurde alles voneinander geschieden. Während der Bewegung und Scheidung aber bewirkte die Umdrehung eine noch viel stärkere Scheidung voneinander«[30].

Der Grund der Lagune ist eine außergewöhnliche Darstellung dieser unendlichen Linie, die sich zu einer Spirale oder Teilen davon aufwickelt, in gerade Segmente oder parabolische Linien zersplittert, worin schon *in nuce* »Aszendent« und »Deszendent« enthalten sind, bis hin zur allmählichen Verwandlung in mehr oder weniger krummlinige Mäander. Das Labyrinth, das entsteht, ist natürlich, wie bei der Schnecke, aber die Dynamik des Geborenwerdens und des Seins ist radikal antithetisch. Auch wenn die Griechen die Schnecke als »Meereslabyrinth« bezeichneten, entspricht sie einer festen Form, einer unabänderlichen Gestalt; während das Labyrinth der venezianischen Meeres-Lagune von

Natur aus der täglichen, auf dem Ryhthmus von Ebbe und Flut beruhenden Veränderung unterworfen ist, so dass die verstandesmäßige Wahrnehmung der Wassertiefe von den herein- und hinausströmenden Fluten bestimmt wird. Die Idee des Labyrinths ist, im Fall der Schnecke, ikonographischer Art; auf dem Grund der Lagune dagegen findet ein unaufhörlicher dynamischer Prozess statt. Das »continuum«, das dem Begriff der unendlichen Linie zugrunde liegt, umfasst somit auch den zyklischen Ablauf der Zeit. Das Betreten und Verlassen des Labyrinths ist im Fall der venezianischen Lagune nicht nur »eine Weltanschauung«, oder eine Idee, die durch das Erkennen symbolischer Darstellungen im urbanen Raum an der Lagune Form gewinnt, sondern es handelt sich um einen realen und dynamischen Prozess, der sich in dem natürlichen und auch in dem von den Menschen erbauten Labyrinth abspielt.

In diesem Sinn kann man behaupten, dass das Labyrinth der venezianischen Lagune ein »lebendes« Labyrinth ist. Was sich in ihm bewegt, lebt und wirkt, ist das Wasser, der Ur-Schoß, das Fruchtwasser der Welt. Sein Fließen und Abfließen in den Labyrinthen des überfluteten Grunds erinnert an die Initiationsriten in den Höhlenlabyrinthen, die Thiasen, die Prozessionen der Eingeweihten, die nach Wiedergeburt streben. Der Tanz als Ritualisierung des Labyrinths wird hier, Tag für Tag, Zyklus für Zyklus, nicht von Männern und Frauen, sondern vom Wasser ausgeführt; es zeichnet nicht nur mit seinen Bewegungen das Labyrinth, sondern bestimmt es.

Der Rhythmus des Tanzes wird vom Himmel vorgegeben, von der Anziehungskraft der Sonne und vor allem des Mondes auf das Wasser. So entsteht ein kosmischer Tanz, der im Labyrinth das Mysterium der Wiedergeburt ritualisiert und Venedig als Hierophanie feiert. Der rhythmische Takt dieses Tanzes ist die Vier: Vier Mal am Tag steigt und sinkt das Wasser, vom Himmel angezogen. Man findet, in die Zeit projiziert, das Bild der vier Elemente wieder, die durch die schöpferische Ausdehnung entstanden; erneut erscheint die Symbologie des universalen Kreuzes und damit auch der alchemistischen Unterteilung der Natur in vier Grundstoffe. In der alchemistischen Vierergruppe stellen Luft, Erde, Wasser und Feuer die symbolische Signifikanz der Grundelemente der ganzen Natur dar.

Ich war schon länger in eine stille, unheimliche Gasse eingebogen, die ich später als Calle Stella identifizierte. Es war eine schmale, endlose Straße. Manchmal verengte sie sich so sehr, dass ich kaum zwischen den feuchten, bröckelnden Mauern der Häuser, die sie säumten, hindurchpasste. Plötzlich weitete sie sich dann, aber nur oben, denn auf einer Seite waren die Häuser wie durch einen Zauber niedriger geworden, so dass ein Stück Himmel zu erkennen war, das ich mit raschen Schritten hinter mir ließ. Am Ende beleuchtete eine müde, einsame Laterne einen rechteckigen, bedrückenden Sottoportego.

Ich werde nie erfahren, wie ich dorthin gekommen bin, doch begriff ich später die Richtigkeit dieses Wegs, der von der Symbolik der Sterne erhellt wurde. Der rot gefärbte Stern kündigt den Morgen an, die ewige Wiedergeburt des Tages, Symbol des Sieges über Finsternis und Tod, Prinzip des Lebens selbst. Der Polarstern stellt das Zentrum des Universums dar, um das die Gestirne, die Konstellationen und das gesamte Firmament kreisen. Er ist der Thron Gottes. Das Prinzip, von dem alles ausgeht. Darunter erhebt sich der heilige Berg Meru, den seine feurigen Strahlen erhellen.

Der sechszackige Stern spielt an auf den Ritus des Übergangs, auf das sechsarmige Christogramm, das Monogramm Christi. Der Stern aus zwei Dreiecken, die sich so überschneiden, dass die Spitze des einen mit der Spitze des umgedrehten anderen auf einer Achse liegt, bildet das Siegel Salomos und ist Sinnbild der Durchdringung von Geist und Materie, Seele und Körper.

Eine große Ruhe überkam mich, und ich hörte wieder die Musik des *Parsifal*. In der Stille meines Geistes erklang das Thema der *Entsühnung*.

Erst die Flöte, dann die Oboe.

Der Labyrinth-Kult wird in Venedig ein Ritus, der vom Meer zelebriert und vom Himmel gelenkt wird; die Lagune spiegelt noch einmal die Bewegung der Gestirne im Universum. Dieser Ritus wird *ad infinitum* andauern, solange die Welt besteht. Mit dem »Tanz« des Wassers verkörpert er das Unendliche der »Linie«, regt zu der Überlegung an, dass es vielleicht weder Geburt noch Tod gibt: »Denn kein Ding entsteht oder vergeht, sondern aus den vorhandenen Dingen mischt es sich und scheidet es sich wieder. Und so würden sie demnach richtig das Entstehen Mischung und das Vergehen Scheidung nennen«[31].

So kehrt man zum Geborenwerden als »Verdichtung« des Nicht-Sichtbaren ins Sichtbare (*coagula*) und zum Tod als »Ausdehnung« (*solve*), als Rückkehr zur Ureinheit, zurück. Dies bedeutet die Überwindung des Todes. Rund um die Doppelspirale des Canal grande, den alle oben angesprochenen Inhalte in ein Symbol verwandeln, entstand die Stadt der Wiedergeburt. Die Menschen legten zusätzliche Kanäle an, schütteten andere zu, errichteten an den Ufern der Kanäle ihre Paläste und Tempel, bauten Brücken und Plätze und Brunnen, aber in jedem dieser Werke von Menschenhand kann man Spuren der Idee des Labyrinths und des Übergangs vom Tod zum Leben erkennen.

Das Thema der Entsühnung wiederholte sich kreisförmig, von der Flöte zur Oboe übergehend. Am Ende der Calle Stella betrat ich den Sottoportego, lang und gespenstisch wie eine Höhle. Gemäß der Regel, die ich mir gesetzt hatte, wandte ich mich nach links.

Wie durch Zauber war das Thema jetzt zu den Streichern übergegangen; es erklang immer leiser, piano, pianissimo; dann brach es ab, als verlöre es sich in einer Triole. Eine Pause. Ich bog in die Calle Ruzzini ein. Die Streicher nahmen die Dämpfer ab, der Klang wurde dunkler, intensiver, obwohl er im piano blieb. Ein Teil der Violoncelli und der Kontrabässe spielte unisono ein getragenes fis. Eine sehr kurze Pause, dann fielen weitere Violoncelli und weitere Kontrabässe mit ein, ebenfalls ohne Dämpfer. Gurnemanz sang »Das ist«, ein Atemzug, »Karfreitags Zauber«: Vor mir öffneten sich Himmel und Meer der Lagune.

Ost-Nord-Quadrant

Als Insel-Labyrinth besitzt Venedig jenen höchsten Grad an Unantastbarkeit, der seit jeher dem erhabensten Zentrum zugeschrieben wurde. Diese Unantastbarkeit hängt im Wesentlichen mit dem heiligen Charakter des Wassers zusammen, das die Stadt umgibt. Seit jeher wurde mit Wasser der Ursprung, der Uranfang verbunden: Die Urgewässer kommen in allen Überlieferungen vor, und darauf spielen die irdischen Gewässer mehr oder weniger direkt an.

Für die alten Ägypter entsprach Nun (das Urgewässer) dem Chaos. Einst hatte nichts existiert als das Nun. Der Sonnengott in Form des Khepre (Werden) wird erst in einer zweiten Phase geboren: »als noch kein Himmel entstanden war und noch kein Wurm und Gewürm erschaffen [...] in dem Nungewässer ruhend«[32].

Hier wird eine Beziehung zwischen Wasser und Geburt der Sonne hergestellt. Das Wasser als Element der Reinigung und Wiedergeburt wird mit der Geburt der Sonne gleichgesetzt. Die heiligen Seen, die neben den ägyptischen Tempeln lagen, waren nicht nur für die rituelle Funktion des Unter- und Auftauchens bestimmt, sondern symbolisierten auch die Beziehung zwischen Wiedergeburt oder Reinigung und der Geburt von Re im Osten. Der rechteckige heilige See, den Amenophis III. in Karnak anlegte, ist in der Diagonale an der Orientierungsachse Ost-West ausgerichtet. Von weitem betrachtet, scheint die Geburt der Sonne bei Tagesanbruch im heiligen See zu beginnen; langsam erhebt sich die Sonnenscheibe aus dem Wasserspiegel, der die Urgewässer versinnbildlicht. Re und Nun erscheinen noch einmal wie zu Anbeginn der Menschheit.

Der Mythos wird Ritualität. Die Tempelarchitektur drückte nicht nur konkrete Funktionalität aus, sondern in ihr spiegelte sich vor allem die Kosmogonie; sie war also eine heilige Architektur.

Der heilige See, der für die Reinigungsrituale der Priester diente und an dem während des ganzen Tages und der ganzen Nacht alle sechs Stunden Waschungen stattfanden, zeigt Analogien zum Taufbecken. Die *uab* genannten Priester – der Stamm des Wortes bedeutet »rein« – standen den Opfern vor und der Untersuchung des Bluts der Opfer; im Unterschied zu den *kheri-heb*, den Priestern, die dem Lesen der heiligen Texte vorstanden, nahmen sie direkt am Ritual teil. Die Reinigung erschien so als notwendiges, unverzichtbares Element des Ritus im Augenblick der Berührung mit der Gottheit.

Die Urgewässer, der heilige See, die Reinigung, die Wiedergeburt mit Re weisen bei den Ägyptern eine sehr enge Analogie zum uranfänglichen Ozean, zum Taufbecken, zur Reinigung und zur Wiedergeburt in Christus auf. Wenn das Urgewässer Nun das Wasser ist, aus dem die Sonne Re kommt, dann ist das Taufwasser Christi, wie auch das von Kanaan, das wundertätige Wasser, in dem sich die Fleischwerdung des Wortes für die Menschen manifestiert.

Die Reinigung mit Wasser erfolgt in zwei verschiedenen Phasen: durch Untertauchen und durch Auftauchen. Zuerst steigt man in die Abgründe der Urgewässer und des Chaos hinab und taucht im Wasser des Todes unter. Dann taucht man wieder auf, gereinigt vom wohltuenden Einfluss des Wassers und wiedergeboren zu neuem Leben. Heiliger See ist demnach gleichbedeutend mit Wiedergeburt.

Ich war überzeugt, dass man in einem geschlossenen Wasserraum wie der venezianischen Lagune, auch wenn sie durch die drei bekannten Öffnungen mit dem Meer verbunden ist, Spuren einer Symbologie der Wiedergeburt erkennen könne. Warum die venetische Bevölkerung auf der Flucht einen solchen Ort aufsuchte, war offensichtlich. Interessanter erscheint die Tatsache, dass sie einen geographischen *Topos* mit einer Form, der natürlichen Doppelspirale, wählte, die seit langem mit der Symbologie der Wiedergeburt gleichgesetzt werden konnte. Die Tatsache, dass dieser Ort im Osten lag, verband die Wiedergeburt mit noch fesselnderen Sonnensymbolen.

Doch warum besaß das Wasser den Charakter der Heiligkeit? Woher stammten seine reinigenden Eigenschaften, die die Annäherungen an den Kult möglich und legitim machten? Ich hatte nur zwei Antworten: das Wasser als Ort zu betrachten, aus dem das Leben zuerst entstanden war, und im Wasser den Himmel gespiegelt zu sehen.

Diese Merkmale verwiesen auf das Urzentrum, die zu gründende, erwählte Stadt war dessen ferner Abglanz. Die Insel als von Wasser umgebene

Erde stellte schon symbolisch das Zentrum des Ortes dar, an dem das Leben zuerst entstanden war, und das Zentrum des Ortes, wo sich der Himmel spiegelte. Die Insel war das eindrucksvollste symbolische Bild für das Urzentrum.

Der Grund des Wassers entspricht dem Wendekreis des Krebses, der Sommersonnenwende, einem der beiden »Wendepunkte«, denen in der Überlieferung entsprechend das Tor der Menschen und das Tor der Götter zugeordnet sind.

Die Wintersonnenwende und das Tor der Götter stehen für die überindividuellen Seinszustände. Die Sommersonnenwende und das Tor der Menschen deuten traditionell den Eintritt in die individuelle Erscheinung an. In kosmogonischem Sinn beziehen sie sich auf »den embryogenen Bereich, in dem die Keime der manifest gewordenen Welt abgelagert sind, und diese Keime entsprechen in der ›makrokosmischen‹ Ordnung dem *Brahmânda* oder Weltei, in der mikrokosmischen Ordnung dem *pinda*, dem formalen Prototypen der Individualität, der auf subtile Weise schon seit Anbeginn der zyklischen Erscheinung vorhanden ist als konstitutives Element einer der Möglichkeiten, die sich im Fall einer solchen Erscheinung entwickeln können«[33].

Das Weltei schwimmt auf den Urgewässern, und auf dem Grund der Wasser schlummern alle embryogenen Entwicklungsmöglichkeiten im »subtilen« Zustand.

Sowohl auf »makrokosmischer« als auch auf »mikrokosmischer« Ebene beherrscht das Wasser also den Ursprung des Lebens: Darin besteht einer der Aspekte seiner Heiligkeit, sein Zusammenhang mit der Kosmogonie und der Erscheinung. Der andere Aspekt der Heiligkeit erwächst daraus, dass das Wasser, der Spiegel des Himmels, in Bewegung ist.

Das eherne Meer, wie es im Alten Testament im *Buch der Könige* beschrieben wird, kann auf das Bild des heiligen Sees zurückgeführt werden und hilft, die Bedeutung des Wassers als Spiegel des Himmels in Bewegung zu begreifen. Das eherne Meer war eine runde, aus Bronze gegossene Wanne, die sich in dem von Salomo erbauten Tempel von Jerusalem befand. Sie war zweieinhalb Meter hoch, hatte einen Durchmesser von fünf Metern und ein Fassungsvermögen von ungefähr fünfundvierzigtausend Litern. Es war »[...] rund umher [...] und es stand auf zwölf Rindern, welcher drei gegen Mitternacht gewandt waren, drei gegen Abend, drei gegen Mittag und drei gegen Morgen, und das Meer oben darauf; dass alle ihre Hinterteile inwendig waren«[34]. Offensichtlich ist der Bezug, der sich zwischen den zwölf Rindern, zu vier Dreiergruppen an den vier Seiten in die vier Himmelsrichtungen gewandt, und den zwölf Toren des himmlischen Jerusalem und der Unterteilung des jüdischen Lagers in zwölf Geschlechter in der *Offenbarung* des Johannes herstellen lässt.

Für eine Ähnlichkeit mit dem heiligen See der ägyptischen Tempel sprechen die genau bestimmte Position »zur Rechten [des Tempels] vorne an gegen Mittag«[35] und der Rand oder »Rahmen«, der das eherne Becken abschließt. Die *Chronika* schreiben dem ehernen Meer eine genaue Funktion zu: Es diene der Reinigung der Priester. Doch der

Abstand des Beckenrandes vom Boden, der mit dem Sockel gewiss mehr als drei Meter betrug, weckt Zweifel an der tatsächlichen Funktionalität einer solchen Wanne für religiöse Waschungen, die regelmäßig vorgenommen werden mussten.[36]

Da das Firmament eine feste Kuppel ist, die die oberen Wasser bzw. den himmlischen Ozean zurückhält, kann das eherne Meer darauf Bezug nehmen. Darüber hinaus symbolisiert die Typologie des Kreises auf einem Quadrat das Universum, in seiner Dynamik von Himmel und Erde gesehen.

Champeaux und Sterckx vergleichen das bronzene Meer in Anbetracht seiner Form – rund und etwa drei Meter vom Boden entfernt – und der Tatsache, dass der Rand nach einem Dezimalsystem unterteilt war, mit jenen optischen Systemen zur Beobachtung des Firmaments, die die antiken Babylonier ausgetüftelt hatten und die die Priester Mesopotamiens in Sternennächten oben auf den *ziqqurat* zum Studium der Gestirne, der Konstellationen und ihrer Verläufe am Himmel benutzten.[37]

Der *ziqqurat* war eine große, künstlich aufgeschüttete Plattform, errichtet für den Tempel der Schutzgottheit des Herrschers und der Stadt; er besaß einen mehr oder weniger quadratischen Grundriss mit einer Seitenlänge von ungefähr 56 Metern, wie im Fall von Uruk, und die Höhe schwankte zwischen 20 und 30 Metern.

Noch heute ist schwer zu sagen, ob die neusumerische Erfindung des *ziqqurat* am Ende des dritten Jahrtausends dem Entstehen einer neuen Religionsauffassung entsprach, oder ob sie vielmehr die Kanonisierung und allmähliche Vervollkommnung dessen darstellte, was sich im Lauf der Jahrhunderte seit der Vorgeschichte spontan herausgebildet hatte: die Erhebung des Hauptheiligtums auf eine hohe Plattform. Urnammu, der Gründer der dritten Dynastie von Ur, errichtete seine *ziqqurat* in Ur, Uruk und Eridu genau an den gleichen Stellen, an denen einst ein antiker Terrassentempel gestanden hatte.

Der Tempel auf dem *ziqqurat* war der Ort der Hierogamie. Herodot erzählte in seinen *Historien*[38]:»Auf dem letzten Turm befindet sich ein großer Tempel; darin steht ein breites Ruhebett mit schönen Decken und daneben ein goldener Tisch. [...] Kein Mensch verbringt eine Nacht in dem Tempel außer einer Frau, die aus Babylon stammt; sie hat sich der Gott vor allen erwählt. Dies behaupten wenigstens die Chaldaier, die Priester dieses Gottes. Dieselben Priester erzählen auch, [...] der Gott komme persönlich in den Tempel und schlafe auf dem Ruhebett, ähnlich wie im ägyptischen Theben nach der Lehre der Ägypter. [...] Es heißt, diese beiden Frauen hätten niemals Umgang mit sterblichen Männern.«

Das Ritual der heiligen Hochzeit spiegelte das Bedürfnis wider, eine Religionsauffassung zu etablieren und durchzusetzen, die das Göttliche nicht radikal vom Menschlichen entfernte, sondern in der sich der irdische Kosmos des sumerischen Staates in der Person seines herrschenden Königs oder dessen Tochter, der von Gott auserwählten Hohepriesterin, mit den himmlischen und überirdischen Mächten vereinte. Daraus folgte eine Vergöttlichung des Königtums und eine Anthropomorphisierung der Gottheit.

Es ist klar, warum damals die vier Ecken des *ziqqurat* an den vier Himmelsrichtungen ausgerichtet wurden und Urnammu in Ur eine Freitreppe bauen ließ, die, im rechten Winkel an die südöstliche Wand des *ziqqurat* platziert, den Erdboden mit der Schwelle des Tempels auf der Spitze des höchsten Turms verband. Die Treppe als Übergang von einem Bewusstseins- und Seinszustand zum anderen. Die »große Brücke«. Ich hatte in jener Nacht schon über die Hierogamie der Höhlenlabyrinthe als Nachahmung der kosmischen Vereinigung von Uranus und Gaia nachgedacht, und auch über die Hierogamie zwischen der »Stadt« und dem Wasser als Mutter und Braut, das seit jeher ein Symbol des Lebens darstellt.

Der *ziqqurat* war also einerseits der Ort, an dem die Instanzen ritualisiert wurden, die in der Hierogamie ihre Fixierung fanden; andererseits wurden die mit Wasser gefüllten, auf den hohen Terrassen seiner Türme aufgestellten Wannen nachts zum Spiegel des Himmels in Bewegung, zum ständigen Widerschein des Universums und seiner Kreisläufe. Das Wasser wird so zum wunderbaren Ort der Messung des Himmels, zu seinem Spiegelbild.

Der geheimnisvolle Zauber, der die Lagune in jener sternlosen Nacht einhüllte, erinnerte mich an diese Fähigkeit des Wassers, zum Maß des Himmels zu werden, die Bewegung der Gestirne zu spiegeln, in fernen Zeiten ein Mittel gewesen zu sein, um die verborgenen Gesetze des Universums zu erforschen, aber der sakrale Charakter des Wassers hängt auch mit der Evokation des Urschoßes zusammen.

Das hermetische Symbol für Wasser ist das gleichschenklige Dreieck mit nach unten gewandter Spitze; dieses figurative Zeichen steht auf den Marmorstatuetten der Kykladen für das weibliche Geschlecht und symbolisiert beispielsweise auf den zypriotischen Terrakottastatuetten, bei denen es in der Bauchregion angebracht ist, ebenden Mutterschoß.

Das Wasser birgt also auch im Zustand der ursprünglichen Undifferenziertheit alle Möglichkeiten des Lebens in sich.

Durch diese generative Kraft nimmt die Erscheinungs-Welt in der Geschichte Form an. Der reinigende Charakter des Wassers jedoch hängt mit einer diametral entgegengesetzten Eigenschaft zusammen, die es ebenfalls besitzt: Zerstörung und Tod zu bewirken. Dieser Aspekt lässt vor dem Wasser zurückweichen, schützt die, die von Wasser umgeben sind und von ihm stabilisiert werden. Man könnte sagen, dass für diejenigen, die auf der Insel wohnen, das Wasser und seine Zerstörungskraft als Zauberzeichen gegen den Feind fungieren.

Das Wasser besitzt Zerstörungskraft, weil es auflöst, es ist das universelle Lösungsmittel, bringt das, was manifest ist, wieder in den Urzustand der Undifferenziertheit zurück, schließt die Charaktere der beiden gegensätzlichen Kräfte ein, die im Prozess der universellen Erscheinung wirken: die deszendente Kraft *yin, coagula*, die der Geburt und der Erscheinung entspricht, und die aszendente *yang, solve*, die der Ausdehnung und der Rückführung der Elemente zu ihrem Ursprung, der anfänglichen, nicht manifestierten Einheit entspricht: dem Tod. »Meerwasser ein sauberstes und abscheulichstes: für Fische trinkbar und gesund, für Menschen untrinkbar und gefährlich«[39].

Auf dieser antithetischen Fähigkeit, Leben und Tod hervorzurufen, definiert sich der Begriff der Wiedergeburt, der eng an das Wasser gebunden ist. Und auf dieser Grundlage basieren auch die Reinigungsrituale. Die Reinigung erfolgt also nicht nur durch das Feuer der Stoiker, dessen letztes Stadium der Weltbrand sein wird (in dem das Feuer, nachdem es, laut Heraklit, dem Universum zum Leben verholfen hat, dieses wieder zerstören wird, um die Palingenese, also die Wiedergeburt, die Rückkehr zum goldenen Zeitalter, zum *illud Tempus*, zur Urzeit vorzubereiten), sondern auch durch das Wasser.

Der Epikureer Lukrez spricht in seinem Lehrgedicht auch von Zerstörung des Universums durch das Wasser. Die Parallele zwischen Weltbrand und Sintflut ist offensichtlich und gründet sich auf die Hinweise auf Wiedergeburt, die eindeutig in den beiden Termini präsent sind. Wenn der orphische Mystizismus dem Feuer die Tugend und die Aufgabe der Reinigung zuschrieb und Demophon in der *Homerischen Hymne an Demeter* von der ernährenden Göttin die Unsterblichkeit in einem Ritus erhielt, der sich jede Nacht wiederholte, wenn Demeter ihn, nachdem sie ihn mit Ambrosia bestrichen, in die Flammen legte, so tauchte Thetis den Sohn Achill, um ihn unverwundbar zu machen, in die Wasser des Styx.

Dem todbringenden Feuer, dem Zerstörungsfeuer des Tartarus – »Tartarus horriferos eructans faucibus aestus«[40] – entspricht in den *Fröschen* des Aristophanes der unendliche See aus Kot und Schlamm, in den die Schuldigen getaucht werden mussten. Herakles: »Entsetzlich tief. [...] Dann Moor und Sumpf, / und Seen von Menschenkot«[41].

Das Eintauchen in den Tod und das Auftauchen zum Leben bilden also die Grundlage des Rituals der Waschung und Reinigung mit Wasser. »Dann wird dich süßer Flötenhauch umwehen / und schönstes Sonnenlicht [...] und Haine / von Myrthen, wo in sel'gen Scharen Frauen / Und Männer ziehn mit Sang und Händeklatschen.« Dionysos: »Wer sind denn die?« Herakles: »Das sind die Eingeweihten.«[42]

Das Wasser wird von Heraklit in seinem *Fragment 53* zum universellen Mittler zwischen Leben und Tod, zwischen Materie und Geist erklärt und zum höchsten Symbol der Wiedergeburt erhoben: »Der Seelen Tod ist Wasser zu werden, Wassers Tod Erde zu werden; aus Erde aber gewinnt Wasser Leben und aus Wasser die Seele«[43]. Hier liest man deutlich, wie die beiden Mechanismen des *coagula* und *solve* einander zyklisch durchdringen, und wie im Wasser der *Topos* der Wiedergeburt symbolisiert wird. Es ist kein Zufall, dass in Venedig, der Wasserstadt, der Begriff der Wiedergeburt der Schlüssel zum Verständnis des Gründungsortes ist und dass sich darum das Motiv der *renovatio urbis* dreht, das seit

Jahrhunderten in seiner Geschichte immer gleich wiederkehrt.

In diese Überlegungen vertieft, saß ich am Ufer der Fondamenta Nove. Diese begrenzen die Stadt nach Nordosten hin, wo sie sich zur Lagune öffnet. Überall ragten in Dreiergruppen stumpfe Holzpfähle auf, die als Ankerplatz dienen oder schiffbare Wege anzeigen. Das Wasser schwappte träge um sie herum, als wolle es die fetten Möwen nicht stören, die sich darauf niedergelassen hatten. Sie saßen einzeln, eine auf jedem Pfahl, mit ärgerlich gespreizten, parallelen Krallen, und stießen nur selten ihre heiseren Schreie aus, die mich in der Nacht mit den Glocken, dem Flüstern des Wassers, dem Geräusch der Steine unter meinen Schritten als einzige Stimmen begleiteten und zu mir sprachen, verborgen in jener unbewussten Wahrnehmung, die ungestört und deshalb beharrlich arbeitet.

Ich dachte an die initiatische Reise jener Nacht, konnte aber nur die letzten drei Etappen des Weges rekonstruieren: Calle Stella, Calle dei Boteri und Calle Ruzzini. Dennoch zog ein Detail meine Aufmerksamkeit an: Die irdischen »Strecken« waren alle aus rechteckigen, behauenen schwarzen Steinen gebaut.

Die Symbolik des Steins, die mir zum venezianischen Labyrinth einfiel, ergänzte und vertiefte die Konsonanzen und Analogien, die sich in jener Nacht zwischen Venedig, meiner Reise und der Geschichte des Grals gebildet hatten.

Dass ich den behauenen Stein mit dem Labyrinth assoziiert hatte, passte gut zu der Symbolik, die das jüdische Volk darin las. Roher Stein war ein Symbol der Freiheit, er kam vom Himmel, und nur mit ihm durfte der Tempel Jahwes erbaut werden, der behauene Stein aber stellte den Ersatz der göttlichen Schöpferkraft durch Menschenwerk dar; als Resultat einer »Entsakralisierung« bedeutete er die Finsternis im Gegensatz zum Licht, den Tod im Gegensatz zum Leben.

Diese Vorstellung wurde vom Schwarz der venezianischen Steine noch verstärkt; die dunkelgraue Farbe, die sie tagsüber haben, wird nachts tiefschwarz. Und wenn das Weiß der »Rahmen« die Verwandlung symbolisierte, so drückte das Schwarz, indem es die Hölle auf der Nord-Süd-Achse darstellte, die absolute Passivität, den Tod ohne Hoffnung, die existenzielle Stille aus. Schwarz bezeichnet den absoluten Verlust, birgt nicht latent den Anfang wie die weiße Trauer. Auf die Labyrinth-Symbolik übertragen, bedeutete Schwarz Tod, bezeichnete mit dem Verzicht auf die Welt die finstere Seite des initiatischen Lebens.

Aus diesem Grund fanden viele Initiationsriten in dunklen, in den Felsen gehauenen Höhlen oder während der Nacht statt.

Doch so wie die Nacht das Potenzial des Tagesanbruchs enthält, so enthielt das Todesschwarz der Initiationsriten das Potenzial des Lebens. In diesem Sinn kamen in dem schwarzen behauenen Stein des Labyrinths und in den Rahmen aus weißem Stein die Bedeutungsgehalte der initiatischen Reise voll zum Ausdruck.

Die rohen, vom Himmel gefallenen Steine konnten dagegen Vermittlung der Gottheit bedeuten und Orakelfunktion annehmen. Sie konnten die Große Mutter Kybele symbolisieren und, wie die prähistorischen Pfeilspitzen, zu »Blitzsteinen« werden, die als Botschaften eines Blitzschleuderers verehrt wurden. In diesem Sinn verwandelten sie sich, wenn von Menschenhand geformt, in ein Machtsymbol, wie die minoische Doppelaxt.

Der Gralskelch soll von den Engeln in einen Stein geschnitten worden sein, der Luzifer im Augenblick seines Sturzes von der Stirn gefallen war. Daraus ergibt sich ein Bezug zu *ūrnā*, der auf der Stirn getragenen Perle, die in der hinduistischen Symbolik das dritte Auge von Shiva darstellt und Ewigkeit bedeutet. Der Edelstein soll im Paradies Adam anvertraut worden sein und aufgrund der Sünde des Stolzes der Stammeseltern nach deren anschließender Vertreibung dann vierzig Jahre dort gelegen haben, bis Seth kam und ihn an sich nahm. Und die Zahl 40 hat eine symbolische Bedeutung von ursprünglicher Latenz: Vierzig Tage ging Jesus zur Buße in die Wüste, vierzig Tage verbrachte Moses auf dem Sinai, vierzig Tage dauerte die Sintflut. Der Verlust des Steins hängt mit dem Verlust des Urzustands zusammen, den er symbolisiert. Der Edelstein, wie wir ihn in der Symbolik des Gralskelches wiederfinden, evoziert eine wirkliche Umwandlung der Materie, die erst stumpf, mineralisch und amorph war und dann eine bestimmte, geometrische Form annimmt. Er wird durchsichtig, denn er erhält die Eigenschaften des Lichts. Diese Metamorphose roher elementarer Materie wie Fels oder Erde in Licht, die Quintessenz des Feuers, das heißt des leichtesten und spirituellsten Elements, versinnbildlicht den Übergang von der ursprünglichen Schöpfungswelt zur neuen Welt des himmlischen Jerusalem.

Den Stein nicht mehr zu besitzen entspricht dem Verlust des Lichts, der *Shekhināh*, der realen Gegenwart der Göttin, die sich als Licht manifestiert.

Die Dunkelheit der Wunde und des Schmerzes Amfortas' sind nichts anderes als die Adams nach der Vertreibung aus dem Garten Eden, auch die Prüfung, die beide bestehen mussten, ist gleich: die Prüfung des Stolzes. Eva und Orgheluse stehen beide für die unbezähmbare und transgressive Begierde, die von alters her in der kriechenden Schlange eine Verkörperung findet.

Die Lichttugend des Grals führt somit zum Begriff der *Shekhināh* zurück, so wie man ihn den Theorien der jüdischen Kabbala entnimmt, die die himmlischen Vermittler betreffen. Man findet die *Shekhināh* jedesmal, wenn in der Heiligen Schrift Tätigkeiten erwähnt werden, bei denen es um die Schaffung eines geistigen Zentrums geht, zum Beispiel die Gründung und Erbauung des Tempels Salomos oder des Tempels Zorobabels oder um die Errichtung eines Tabernakels. »Und hießest mich«, sagt Salomo zu Jahwe, »einen Tempel bauen auf deinem heiligen Berge, und einen Altar in der Stadt deiner Wohnung, der da gleich wäre der heiligen Hütte, welche du vor Zeiten bereiten ließest. Und mit dir deine Weisheit, welche deine Werke weiß, und dabei war, da du die Welt machtest«[44].

Der Tempel ist »gleich der heiligen Hütte, welche du vor Zeiten bereiten ließest«. Einerseits wird so an das bewegliche Heiligtum erinnert, das Moses in der Wüste errichtete (ein Zelt und Prototyp des feststehenden Tempels, den Salomo aus Stein in Jerusalem erbauen wird, als Symbol der Ewigkeit), andererseits an das himmlische Vorbild.

Der Himmel als kosmisches Zelt, das vom Schöpfer über die Erde gespannt wurde, stellt eine Äquivalenz zwischen kosmischer Schöpfung, himmlischem Archetyp und irdischem Heiligtum her. In diesem Sinn ist der erbaute Ort der Ort der göttlichen Erscheinung, der realen Gegenwart der Gottheit, die immer als Licht dargestellt wurde. So kann man vom Gotteshaus sprechen und von göttlicher Erscheinung im Licht. Für die Bundeslade gab Jahwe, wie aus dem *Exodus* hervorgeht, Moses genaue Anweisungen, und dieser machte sie so, dass sie das Symbol seiner Anwesenheit unter seinem Volk darstellte.

Die kostbare rechteckige Lade, aus Holz gezimmert und von Cherubim überragt, ist der Ort, an dem sich Jahwe offenbart, seine wirkliche Gegenwart, die *Shekhināh*.

Der *baytylos*, von den Griechen auch *omphalos* genannt, der in Delphi verehrt wurde, war ein heiliger Stein, und die Etymologie seines Namens geht sehr wahrscheinlich auf das hebräische Bēith-El zurück, das ist Gotteshaus. Bēith-El nannte Jakob den Stein, auf den er sein Haupt legte, als ihm im Traum der Herr erschien. Guénon entwickelte von der *Genesis* ausgehend eine seiner faszinierendsten Intuitionen: »Da nun Jakob von seinem Schlaf aufwachte, sprach er: ›Gewißlich ist der Herr an diesem Ort, und ich wußte es nicht‹, und fürchtete sich und sprach: ›Wie heilig ist diese Stätte! Hier ist nichts anders, denn Gottes Haus, und hier ist die Pforte des Himmels‹. Und Jakob stand des Morgens frühe auf, und nahm den Stein, den er zu seinen Häupten gelegt hatte, und richtete ihn auf zu einem Mahl, und goß Öl oben darauf, und hieß die Stätte Beth-El; vorher hieß die Stadt Luz«[45].

Man kann den *omphalos* somit als eines der authentisch verbürgten Symbole betrachten, die den Mittelpunkt der Welt darstellen. Das griechische Wort *omphalos* bedeutet Nabel, bezeichnet aber im weiteren Sinn alles, was sich im Zentrum befindet, wie das Rad ein Symbol für die Welt ist, die sich dreht.

Es ist sehr interessant festzustellen, wie die *Swastika*, eines der komplexesten und den spekulativsten Untersuchungen unterworfenen traditionellen Symbole, von Guénon dem Symbol des Rads angenähert wurde. Demnach handelte es sich nicht um ein Sonnensymbol oder ein Symbol der Bewegung im Allgemeinen, sondern um ein spezifisches Symbol der Kreisbewegung im engen Sinn, das des unbeweglichen Motors.

Symbol des Ur-Zentrums, rotierend, aber unbeweglich, war auch die Tafelrunde König Artus. Die *Swastika* wird so zum handelnden Prinzip gegenüber der Welt; der *omphalos* und der Stein stellen dann die symbolischen Momente des geistigen Ur-Zentrums dar.

Das Gotteshaus, Bēith-El, wird später zu Bēith-

Lehem, Betlehem, Haus des Brotes, und stellt damit eine faszinierende symbolische Beziehung zwischen Stein und Brot her. Der Stein als Licht und das Brot als Nahrung bilden ein Bindeglied zwischen den beiden Tugenden des Grals.

Der Gral ist also Gotteshaus und Nahrung; die »Suche« nach dem verlorenen Gral ist somit die »Suche« nach dieser Nahrung, nach dem Trunk der Unsterblichkeit: dem Blut Christi, das in der christlichen Adaption im heiligen Kelch des Abendmahls enthalten ist.

Mircea Eliade zitiert in einer Arbeit über *Gräser unter dem Kreuz* eine Legende, die von der Geburt des Lebens aus dem Blut des Heilands handelt. Man kann darin erkennen, welche Rolle der Lanze in der Beziehung zwischen Blut und Wein zukommt: »Als sie Christus die Lanze zwischen die Rippen stießen, schoss das Blut hervor und spritzte auf das Gewand der Gattin des Pilatus und breitete sich überall aus, und da lief sie nach Hause, um die Flecken zu entfernen und das Gewand zu waschen; weil sie sich aber vor Pilatus fürchtete, lief sie in einen Weinberg unter einen Pfirsichbaum und hackte und vergrub das Gewand unter der Erde, und da wuchs ein Weinstock voller Trauben hervor«[46].

Ich erkannte in dieser Legende die scheinbar kryptische Beziehung zwischen Wein, Dionysios Zagreos, dem Blut Christi und dem Unsterblichkeitstrunk.

Der Gral ist der Stein als göttliche Wohnung. Der Kult der Steine in den verschiedenen Traditionen galt nicht so sehr den Steinen als solchen als vielmehr den Gottheiten, die man in ihnen erkannte. Daher der Wert, den man felsigen Gegenden als Kult- und Begräbnisstätte zuschrieb.

Kaum hatte ich diesen letzten Gedanken formuliert, lenkte das Wort Begräbnis meine Augen zu der Insel, die vor mir lag: die Toteninsel San Michele. Was mich an dieser Insel seit jeher faszinierte, war die Einfriedungsmauer. Die ganze Insel war nämlich von einer Mauer aus Backsteinen umgeben, mit einer Einfassung aus weißem Stein am oberen Rand, die als Rahmen diente. Innerhalb der Mauer Gräber und Bäume. Die Gräber unsichtbar, geschützt, isoliert; die Bäume dicht und schwarz, stark und rüstig in den Himmel ragend, als wollten sie in der Stille der Nacht ihre Lebenslust herausschreien und, indem sie ihre dicken Wurzeln in die Gräber bohrten, erneut die uralte Frage nach dem Recht auf Leben aufwerfen, die Niederlage Gilgameschs und Enkidus anprangern, des Halbgottes und des Menschen auf der Suche nach Unsterblichkeit. Ab und zu wehte, nur für einen Augenblick, von Westen her ein leichter Wind. Dann verloren die Bäume ihre Starre, ihre vitale Haltung, legten das Gewand der Anklage ab und beugten sich langsam und sanft im Innern des Friedhofs, liebkosten die Gräber, bezeugten Mitleid und Zärtlichkeit für das, was von jener Schlacht um das Leben übrig geblieben war. Sie sahen aus wie zarteste, wunderschöne Hände, die Finger zusammengelegt, als wollten sie von jenen fernen Göttern des Himmels Leben für die Freunde der Toten erflehen, für ihre Lieben, die auf der anderen Seite der Mauer und des Wassers schliefen. Doch kaum legte sich der Wind, wurde alles wieder starr, bewegungslos und feindselig.

In jener Nacht schien die Insel in der Mitte der Lagune zu liegen, als bilde sie eine symbolische Spiegelung des Zentrums. Ich versuchte, diesen Eindruck zu vertiefen. Ich erinnerte mich, dass die Friedhofsfläche in rechteckige, beinahe gleichseitige Bezirke aufgeteilt ist, zusammengefasst in einem großen Quadrat, das sie alle einschließt und umrahmt, während sich an der nordöstlichen Seite ein Bogen wölbt. Das Bauwerk wiederholt in seiner Architektur die kosmische Typologie, mit dem Quadrat der Erscheinung und dem Himmelsbogen. Voll Verwunderung stellte ich später fest, dass in dem großen Quadrat vier mal vier Quadrate enthalten waren: Auf diese Weise ergab sich das »Quadrat hoch vier«, ein Quadrat, dessen Seiten je vier Elemente enthalten, so wie das Dreieck der pythagoreischen *Tetraktys*. Aber noch mehr staunte ich, als ich feststellte, dass die letzte Etappe meiner initiatorischen Reise auf einer Achse verlief, die über die Calle Ruzzini das Zentrum des »Quadrats hoch vier« von San Michele erreichte. Diese Achse würde darüber hinaus quer durch die Stadt verlaufen und dabei die Rialto-Brücke streifen.

Während ich meinen Betrachtungen über die Symbolik von San Michele nachhing, hatte ich meinen Gang langsam wieder aufgenommen.

Venedig als Insel ist das Zentrum der Wasser, ist der Moment von »Wassers Tod«, das Erde wird, wie es bei Heraklit heißt, der *Topos* der »Koagulation« auf einem hohen Erscheinungsniveau. Doch von diesem manifest gewordenen Tod kehrt der Zyklus zum *solve* zurück und projiziert den Tod ins Leben durch die Epiphanie des Wassers auf einem höheren Erkenntnisstand und mit einem weiteren Vorgang, nämlich der »Ausdehnung« des Wassers auf die Seele.

Dieser Initiationsvorgang wird noch geheimnisvoller, wenn die ursprüngliche Insel im Inneren überschwemmt wird und sich allmählich ein komplexes Gefüge von kleineren Inseln und Kanälen herausbildet, das dennoch seine unteilbare Einheit bewahrt.

Wenn unterschiedliche Traditionen Gegenstände und Orte durch die Zeichnung von Spiralen und Kreisen fixieren und stabilisieren, erfolgt die Stabilisierung im Fall der Insel Venedig durch eine natürliche Doppelspirale: den Canal Grande.

Man hat immer von der »S«-Form des Canal Grande gesprochen, hat in dieser Gestalt aber offenbar nicht die Doppelspirale erkannt, die, aufgerichtet, eben zu einem »S« wird. Der eindeutigste Fall einer solchen Vertikalisierung ist der Caduceus, der Stab, um den sich zwei Schlangen ringeln, den die Mythologie Hermes in die Hand gab.

Ich erinnerte mich an eine scharfsinnige Anmerkung von Guénon.

Der Caduceus entstand bei der Trennung der zwei kämpfenden Schlangen, die das Ur-Chaos verkörpern, als Hermes mit einem Stock eingriff, der die Weltachse darstellt und die Ordnung des Chaos und die Erschaffung des Kosmos bewirkt. Dass sich die beiden Schlangen um den Stab ringeln, bedeutet die gleichgewichtige Aufteilung der antagonistischen Kräfte rund um die Achse der Welt.

Äskulap wird rund um seinen Stab nur eine Schlange haben, was die Beseitigung der Macht des Bösen durch die Medizin bedeutet, dargestellt durch die abwesende Schlange. Wenn man außerdem in Betracht zieht, dass Hermes nicht nur der Götterbote ist, sondern auch die Aufgabe hatte, die Seelen der Verstorbenen in den Hades zu geleiten, das heißt, die Wesen zu führen bei »ihren Zustandswandlungen oder den Übergängen von einem Zyklus der Existenz in einen anderen«[47], so wird man begreifen, welche Beziehung zwischen seinen Funktionen, die jeweils den deszendenten und aszendenten Strömungen der kosmischen Kraft entsprechen, und den beiden sich um seinen Stab windenden Schlangen, dem Symbol für die Doppelspirale, besteht.

Das senkrecht aufgerichtete, eine Doppelspirale bildende Schlangenpaar ist ikonographisch uralten Ursprungs.

Der mesopotamische Herrscher Gudea aus der Lagash-Dynastie am Ende des dritten Jahrtausends ließ auf steinerne Vasen unterschiedlicher Form und Größe Reliefdarstellungen einmeißeln, die sich auf ihre kultischen Funktionen bezogen. Ein 23 Zentimeter hohes, aus Telloh stammendes Specksteingefäß für Trankopfer zeigt das Symbol seines Schutzgottes Ningizzida: zwei aufrechte Schlangen, die sich spiralförmig umeinander ringeln und von zwei geflügelten Mischwesen flankiert sind.

Der Canal Grande, eine Doppelspirale, ist daher als Symbol des Gleichgewichts zwischen den beiden Strömungen der antagonistischen kosmischen Kräfte ein Symbol für die »Stabilisierung« des Ortes und zugleich für die Definition des Zentrums. Es ist überraschend, dass die Stabilisierung des Ortes nicht von Menschenhand erfolgte, sondern die Auswirkung der Korrosion war, die durch Ebbe und Flut – auch hier zwei antagonistische Kräfte – in den Kanälen und den Verzweigungen der Flüsse stattfand, die in die Lagune mündeten.

Rund um diese Doppelspirale, die den Ort stabilisierte, wurde die Stadt erbaut.

Venedig stellt sich also, kurz gefasst, als Insel dar, stabilisiert von einer Doppelspirale, die von Westen und Norden nach Osten und Süden verläuft und den Inselkomplex in zwei Sektoren unterteilt, von denen einer nordöstlich und einer südwestlich ihres Verlaufs liegt.

Der Anfang des Verlaufs ist zentrifugal, expansiv, das hermetische *solve*. Das Ende leitet zum Zentrum hin, verdichtet, ist das *coagula*, das in der Einheit Dogenpalast-Markuskirche den Mittelpunkt erreicht, wo sich die Symbole der zeitlichen und der geistlichen Macht begegnen.

Nach der universell zulässigen Entsprechung von Jahreszeiten und Himmelsrichtungen führt der Verlauf der Spirale von einer herbstlich-winterlichen Symbolik hin zu einer frühlingshaft-sommerlichen Symbolik; von Westen als der »dunklen Seite« nach Osten als der »Seite des Lichts« und von Norden nach Süden, entsprechend dem *I Ging*: »Der Weise wendet sein Gesicht nach Süden und lauscht dem Echo dessen, was unter dem Himmel ist (d.h. der Kosmos), ihn erleuchtet und regiert«.

Die Insel Venedig kann also wirklich als Spiegelung der Ur-Insel gelten, Darstellung des höchsten Zentrums, auf das sich verschiedene antike Mythologien beziehen, wenn sie von den Orten der Glückseligkeit erzählen, die den Helden verheißen werden, nachdem sie Unsterblichkeit erlangt haben.

Hesiod verbannt das Zentrum auf die *Seligen Inseln*:

»[...] am Rande der Erde
[...]
Und dort wohnen sie nun mit kummerentlastetem Herzen
Auf den seligen Inseln und bei des Okeanos Strudeln,
Hochbeglückte Heroen; denn süße Früchte wie Honig
Reift ihnen dreimal im Jahr die nahrungsspendende Erde«[48].

In *Timaios* und in *Crizia* bezieht sich Platon auf einen Passus von Solon, in dem von der Insel der Seligen die Rede ist. Pindar behandelt sie mit einer gewissen Ausführlichkeit in der *Zweiten Olympischen Ode*:

»[...] Es umweht
Kühler Hauch der Seligen

Eiland, den das Weltenmeer schickt.
Blumen flammen da wie Gold;
Die Flur lässet leuchtend
sie im Zweigicht erblühn
Und andre die Wasser.
Die winden sie um ihren Arm,
auch Kränze flechten sie sich,
Wo Rhadamanthys' heil'ger Richtstab wacht.
Ihn hat sich Urvater zum bereiten Beistand erkoren,
Rheas Gemahl, die zuhöchst
Vor allen schwebt auf dem Thron«[49].

Die Insel als Ur-Zentrum findet ihre mythologisch-literarische Entsprechung in der Insel der Hyperboreer. Diodorus Siculus erwähnt sie, wobei er sich auf die Erzählung von den *Hyperboreern* bei Hekatäus von Abdera stützt. »Dem Celtenlande gegenüber in dem jenseitigen Ocean gegen Norden ist eine Insel, nicht kleiner als Sicilien. Die Bewohner derselben heißen Hyperboreer (Übernördliche), weil sie über das Gebiet des Nordwinds hinaus liegen. Der Boden ist so gut und fruchtbar [...], daß man zweimal im Jahr ernten kann. Nach der Fabel ist Larona auf dieser Insel geboren; darum wird auch Apoll daselbst eifriger als alle anderen Götter verehrt. Die Einwohner sind eigentlich als Priester Apolls zu betrachten [...]. Es ist auf der Insel ein prächtiger, dem Apoll geweihter Hain, und ein merkwürdiger Tempel von kugelrunder Form [...]. Auch eine Stadt ist diesem Gott geheiligt [...]. Die Hyperboreer haben eine eigene Sprache [...]. Von dieser Insel aus erscheint die Entfernung des Mondes von der Erde ganz gering, und man glaubt auf demselben gewisse bergähnliche Erhöhungen wahrzunehmen. Apoll kommt je nach 19 Jahren auf die Insel, also zu der Zeit, in der die Gestirne [...] in dieselbe Stellung zurückkehren. Diese Erscheinung des Gottes dauert von der Frühlingsnachtgleiche bis zum Aufgang der Plejaden [...]. Er bringt während dieser Zeit die ganze Nacht mit Citherspiel und Reigen zu«[50].

Die andere Insel Utopias ist Atlantis, von der Platon im dritten Kapitel des *Timaios* spricht, wo Solon berichtet, was ihm von alten ägyptischen Weisen erzählt wurde. Sie ist die göttliche Stadt, die vollkommene Republik, die von »göttlichen Menschen« regiert wird. Sei es ein Traumgesicht, eine magische, mathematische oder symbolische Darstellung, gewiss ist, dass einem beim Wiederlesen von Platons Dialog einige Elemente auffallen, die sich im Inselsystem Venedigs wiederfinden. Vor allem eine Reihe äußerer Inseln, die die innere Insel umgeben, auf welcher sich die Akropolis erhebt. Die Inseln, vom Gott Atlas selbst gezeichnet, sind in konzentrischen Kreisen angeordnet, die aussehen, als seien sie mit dem Zirkel gezogen: Der erste Kreis, größer als die anderen, wies einen Wassergraben und einen Erdwall von drei Stadien Breite auf, der zweite hatte einen Wall von zwei Stadien und der dritte von einem Stadion. Diese konzentrischen Kreise aus Inseln spiegeln vielleicht in gewisser Weise die Bahnen der Gestirne.

Diodorus Siculus berichtet über den Atlas-Mythos: »Vom Lauf der Gestirne hatte er [Atlas] genaue Kenntnis; er war der Erste, welcher die Menschen den Himmel als eine Kugel betrachten lehrte. Darum hieß es, die ganze Welt ruhe auf den Schultern des Atlas; man wollte die Entdeckung und Nachbildung der Kugel durch die Fabel andeuten [...] Dieser verschwand einmal plötzlich, von einem heftigen Sturm fortgeführt, als er den Gipfel des Gebirges Atlas bestieg, um die Sterne zu beobachten.«[51]

Man kann hier einen weiteren Reflex jenes Bildes von den Wassern als Spiegel des Himmels in Bewegung erkennen, den ich schon im Zusammenhang mit dem ehernen Meer im Tempel von Jerusalem beobachtet hatte. Wenn man die Anordnung der äußeren Inseln in konzentrischen Kreisen rund um das platonische Atlantis betrachtet, ist es sehr interessant, einen Vergleich mit der konzentrischen Figuration anzustellen, die der Komplex der Giudecca-Inseln, die durch den gleichnamigen Kanal getrennt werden, und der Komplex der Dogana-de-mar-Inseln bis Rivo alto bilden, im Gegensatz zu dem südöstlichen Teil der Stadt, der von der Doppelspirale des Canal Grande begrenzt wird. Auch hier beschreiben die Inselketten deutlich Segmente von konzentrischen Kreisen. Was bei dieser Analogie Beachtung verdient, ist, dass man in Venedig eine Symbolik des konzentrischen Kreises wiederfindet, die zur Spirale Bezug hat und die, als zentrierendes Element, auch etwas mit den Geburtssymbologien zu tun hat. Der Kreis als solcher hat darüber hinaus genaue Bezüge zur himmlischen Welt und demnach zum höchsten Zentrum. Doch unglaubliche Analogien bestehen zwischen der Beschreibung des Ur-Zentrums, die Platon gegeben hat, und dem Standort der Stadt Venedig. Oder besser gesagt, zwischen den Symbologien, die in den architektonischen Besonderheiten von Atlantis (Kanäle, Brücken, Türme, unterirdische Kanäle) und denen Venedigs aufscheinen, das städtebaulich ebenso gestaltet ist, wenn auch in viel kleinerem Maßstab.

Zweifellos haben die Menschen der vergangenen Kulturen und Traditionen die Idee einer vollkommeneren Lebensform, des angestrebten und verlorenen Guten, des goldenen Zeitalters der Welt, des *illud Tempus,* mit der von Wassern umgebenen Insel assoziiert.

Weitere mythische Inseln waren die Insel Erytheia (die Rote) in der westlichen Region, so genannt wegen des feurigen Sonnenuntergangs, und die Insel Ogygia im Westen Britanniens, von der Plutarch berichtet: *»Eine Insel, Ogygia, liegt im Meer in der Ferne,* fünf Tagereisen von Britannien entfernt, wenn man westwärts segelt«[52]. Nach Prokop von Cesarea[53] war diese Insel der Aufenthaltsort der Toten, eine ferne Insel im Westen vor der Küste von Brettania, deren Bevölkerung die Aufgabe zukam, die Toten hinüberzurudern. Mit Bezug auf diese Überlieferung schildert Claudius Claudianus[54], dass man auf dieser Insel das schwache Jammern der Seelen vernahm. In vielen Mythen, die mit dem ursprünglichen Glücklichen Zeitalter und der Insel als Ur-Zentrum zusammenhängen, taucht die Tendenz auf, den unwiederbringlichen Verlust durch Projektion des im Leben nie besessenen

Guten auf die Zeit nach dem Tod wieder gutzumachen. Die Insel ist für die Lebenden verloren, aber den Toten vorbehalten. Die Tradition, von der uns Prokop berichtet, ist ein greifbares Beispiel für diese Haltung.

Die Insel wird so zum Symbol des Übergangs vom Leben zum Tod: Man erreicht die Insel mit einem Boot, man wird übergesetzt, man drückt symbolisch die Zustandsveränderung aus.

Ich hatte eine große Brücke namens Ponte Donà überquert; sie bestand aus einem weiten Bogen, der durch fünf Gruppen von je fünf Stufen gegliedert war.

Fünf sind die Bücher Moses, die das Gesetz enthalten, welches den Menschen von Gott gegeben wurde.

Fünf sind die Steine, die David im Flussbett sammelt, um gegen Goliath zu kämpfen und seinem Volk die Freiheit zu schenken.

Fünf sind die heiligen Kreuze, die auf dem Altar eingraviert sind als Abbild der fünf Wunden des Menschen-Mikrokosmos Christus, der seine Menschlichkeit hingibt.

Der große Bogen, die Zahl Fünf und die verborgenen Bedeutungen des Brückennamens ließen aus den Nebeln des Gedächtnisses langsam das Portal der Kirche von Moissac auftauchen, das reich an unzähligen kryptischen Symbologien ist. Der große Bogen des Portals wird von drei Pfeilern getragen; die beiden seitlichen zeigen vier in den Stein gehauene sich überlagernde Abstufungen, der Mittelpfeiler dagegen, aus drei Paar ineinander verschlungenen Löwinnen gebildet, die den Sitz Gottes formen, hat fünf davon, jedoch sind sie nur aus dem Innern der Kirche zu sehen. Auf diese Weise schuf man eine »Schuppen«-Symbolik.

Dass ich der Zahl Fünf begegnet war, dem esoterischen Symbol par excellence, der vollkommenen Figur, die den Mikrokosmos Mensch zusammenfasst, bestätigte den initiatischen Charakter dieser Reise.

Vor der Brücke links umschloss eine hohe Backsteinmauer einen großen Garten. Nicht nur die weißen Steine der Rahmen, sondern auch das von der salzigen Luft der Lagune zerfressene Gemäuer, gespenstisch aufragende, rote Steinwälle, nahmen allmählich einen entscheidenden psychologischen Raum ein. Es war, als trennten sie Zaubergärten ab, in denen der Baum des Lebens und der Erkenntnis oder magische Pflanzen mit schrecklichen medizinischen Eigenschaften wuchsen. Vielleicht verbargen sich zwischen den nächtlichen Sträuchern zischende Schlangen, die beim ersten Tageslicht in Form stummer weißer Schmetterlinge davonfliegen würden.

War dies Klingsors Garten? Hätte Kundry hier vielleicht das Zauberkraut finden können, um Amfortas zu heilen? Diese Mauer schuf Distanz und verbarg etwas; ist das etwa nicht die Wirkung, die Raum und Zeit auf unser Bewusstsein haben? Über diese Mauer zu springen, sie einzureißen, ist, als sprenge man Zeit und Raum und damit die Grenzen der Logik und des Kausalitätsprinzips, die vergoldeten, beruhigenden Gefängnisse der Rationalität. Die Rationalität ist eine Mauer, die schützt, aber Distanz schafft und Dinge verbirgt. So entstanden die ersten Mauerwälle im antiken protodynastischen Mesopotamien, um Gott fern zu halten und zu verbergen, um ihn aus dem Bereich der lebenden Menschen auszuschließen. Der beinahe pantheistische Bund zwischen übersinnlicher und immanenter Welt war zerbrochen. Gott und die Menschen trennten sich. Die Zelle Gottes wurde im hintersten Winkel des Tempels verborgen, verteidigt durch gewundene Wege, rechtwinklige Gänge.

In dem Augenblick wurde die Rationalität geboren. Man begann, alles einzuzäunen: den Tempel, dann die Stadt, zuletzt auch den Himmel; die Sterne entfernten sich immer mehr, und ihre Gesetze blieben unverständlich.

In diese Gedanken vertieft, war ich am äußersten Ende der Fondamenta Nove angekommen. Noch einmal ging es nicht weiter: Vor mir lag die Sacca de la Misericordia. Das Meer der Lagune drang mit weitem, gebremstem Ungestüm herein. Im Geist verfolgte ich den Fluss der Wellen den Rio della Misericordia und dann den Rio San Felice hinauf. Die Kanäle wurden immer enger, als wollten sie auf die Schwierigkeit des Vorwärtskommens aufmerksam machen; ich bemühte mich, mir das letzte Stück des Rio San Felice vorzustellen: Kein Zweifel, er wurde immer schmäler und mündete dann in die Doppelspirale des Canal Grande. Es war, als wollte der äußerste Zipfel der Stadt schwungvoll mit seinem Zentrum in Kontakt treten. Ich stand am Rand der Fondamenta, und die wenigen Lampen auf den Pfählen mitten in der Lagune glichen farblosen Masken geheimnisvoller Wächter, die die Stadt beschützen sollten. Ich kehrte um. Mir wurde klar, dass ich versucht hatte, einen kreisrunden Bogen zu schlagen, der am Ende der Calle Ruzzini auf den Fondamenta Nove begann, das heißt, an dem Punkt, an dem sich scheinbar der Ausgang des Labyrinths befand.

Ich war mir vollkommen bewusst geworden, dass meine Verwirrung den Anstoß zu einer geheimnisvollen Reise gegeben hatte, die ich bis zum Ende gehen musste. Während ich die Kirche San Giovanni e Paolo als Bezugspunkt nahm und mich im Geist im Uhrzeigersinn und rechtsgängig bis zur Markuskirche fortbewegte, merkte ich voll Staunen, dass ich vom Teatro La Fenice bis zum Ende der Calle Ruzzini einen labyrinthischen Weg zurückgelegt hatte, dem ein Kreisbogen zugrunde lag. Die Sacca de la Misericordia hatte einen weiteren Kreisbogen unterbrochen. Daraus schloss ich zweierlei. Ohne mir darüber klar zu sein, folgte ich einer Route, die von Süden nach Nordosten verlief und zunehmend die Form eines Halbkreises annahm. Also musste der vom Wasser der Sacca unterbrochene Quadrant weitergeführt und gegangen werden: Ich war sicher, dass ich auf der Achse, die den Endpunkt des Halbkreises im Nordwesten und das Teatro La Fenice im Südosten berührte, etwas grundlegend Wichtiges finden würde, was vielleicht die Gründe meiner Reise erklären würde.

Ich hatte ein Viertel des imaginären Kreises zurückgelegt, den ich im Geiste zog. Jetzt musste ich den Weg vollenden. Ich bog rechts in die erste

Gasse ein, beachtete jedoch, dass ich mich nun gegen den Uhrzeigersinn bewegen und links halten musste.

Es war die Calle longa Santa Caterina. In dieser Nacht war ich schon eine endlose schmale Gasse zwischen bröckelnden feuchten Mauern gegangen. Calle Stella hatte mich zu einem ausschlaggebenden Punkt des Weges geführt. Diese Analogie spornte mich erneut an. Als ich allmählich weiter in die dunkle, enge Gasse hineinkam, war ich überrascht, dass häufig wieder die schwarzen Himmelswürfel auftauchten, die mir auch schon in der Calle Stella aufgefallen waren. Sie entstanden an den Stellen, wo die Häuser plötzlich niedriger wurden und so eine Leere im Volumen schufen. Die schwarzen Flecken zerfransten am unteren Ende und zeichneten magische Blätter, verwunschene Sträucher, wunderbare Bäume. Es waren die Zaubergärten, von hohen Mauern umgeben, die seit der Überquerung des Ponte Donà zu beunruhigenden Gefährten des Labyrinths geworden waren. Die Calle longa Santa Caterina säumten sie rechts und links, und müde Gorgonenhäupter mit wirren, aufgelösten Haaren beugten sich über bald höhere, bald niedrigere Mauern aus roten Backsteinen.

In der Mitte der einen hob sich deutlich das mit weißem Stein umrahmte Profil des Eingangstores ab. Ich näherte mich. Die Hausnummer war 5000. Wieder die Fünf, in ihrem Wert verstärkt durch die drei Nullen, die sie drei Mal mit Zehn multiplizierten. Die Übereinstimmung mit den drei sich kreuzenden Löwinnenpaaren an der mittleren, mit fünf sich überlappenden Vertiefungen geschmückten Säule des Portals der Kirche von Moissac regte mich dazu an, nach weiteren Zeichen zu suchen.

Ich blieb stehen und betrachtete aufmerksam die schwarzen Blätter, die von den roten Zinnen der Mauer herabhingen. Sie vereinten sich in einem dünnen, sehnigen Stamm, der in unendlich vielen Verzweigungen überallhin lief, als wolle er mit unaufhaltsamer Lebenskraft geheimnisvolle Ziele erreichen. Ich sah genau hin. Die Blattfläche teilte sich in fünf gezahnte Blättchen. Kein Zweifel, es handelte sich um das Fünffingerkraut, *Potentilla reptans*. Die Zauberpflanze par excellence, deren fünf Blätter für Liebe, Reichtum, Gesundheit, außerordentliche und magische Kräfte und Weisheit des Geistes und des Herzens stehen. Ich erinnerte mich, dass ich gelesen hatte, es gebe eine wohltuende Pflanze, die Merkur unterstehe, von welchem sie die Vielseitigkeit erhielt. Dass ich sie gefunden hatte, war ein günstiges Zeichen. Ich beschleunigte den Schritt. Dann versuchte ich bei der ersten Gelegenheit, die Calle longa Santa Caterina rechts liegen zu lassen, nachdem ich im Geist die Strecke südwestlich der Sacca della Misericordia berechnet hatte, die ihren Namen vom Canale degli Angeli bekam: Ich hoffte, eine Brücke zu finden, die mich zum anderen Ufer gelangen ließ. Sofort musste ich feststellen, dass die Calle dei Colori eine Sackgasse war, die am Kanal endete: Ich war zu früh abgebogen. Die Labyrinth-Erfahrung ging weiter, das Problem des Scheidewegs stellte sich erneut. Ich kehrte um und ging wieder rechts die Calle longa Santa Caterina entlang.

Die irdischen Wege des Labyrinths bestanden aus

Calli, schmalen, von Häusern, Palästen, Mauern und Gärten gesäumten Gassen. Die Enge hindert Sonnenstrahlen wie Mondlicht daran, ganz hereinzukommen, so dass in Venedig auch tagsüber Dunkelheit in den Sträßchen herrscht. Das eher düstere und labyrinthische Gassengewirr erinnerte, vor allem in jener Nacht, an die römischen Katakomben, und betonte die initiatische Symbolik, die sie widerspiegeln.

Die »Enge« der Straße wie die der Brücke oder der Tür bedeutet symbolisch die Schwierigkeit des Initiationsprozesses, des Übergangs von einem Bewusstseinszustand zu einem anderen, von einer Existenzebene zu einer höheren. Der Übergang schließt auch die Bedeutungen der »Kontinuität«, des ständigen »Fortschreitens« zu höheren Initiationsstufen, der ewigen »Wiedergeburt« ein. Die Enge des Durchgangs bedeutet die Schwierigkeit und, in anderen symbolischen Darstellungen wie »auf Messers Schneide«, auch die Gefahr, die mit dem »Bruch«, mit »Transzendieren« verbunden ist.

Ich hatte unterdessen den Ponte Molin überquert und ging die Calle de la Racheta entlang. Mir wurde bewusst, dass ich mich zu sehr von dem imaginären Bogen entfernte, den ich mir vorgenommen hatte, und eine unbestimmte Unruhe erfaßte mich. Bei der ersten Gelegenheit bog ich nach rechts ab und befand mich im Sottoportego dei Preti. Ich stand vor einem wundervollen, komplexen tunnelartigen Durchgang, gebildet aus zwei Sottoporteghi, die eine Corte, senkrecht zu ihrer Achse angeordnet, auf der Hälfte durchschnitt, wodurch ein Kreuz gebildet wurde. Im Mondschein, der von oben die Corte erhellte, zeichnete sich im Gegenlicht deutlich der Bogen ab, der den ersten Sottoportego abschloss, während der Zugang zum zweiten frontal beleuchtet wurde. Ganz am Ende, in einem selten schönen Spiel der Perspektive, erhoben sich von der Basis des Bogens nacheinander, wie in einer Phantasmagorie, weiße Steinstufen und formten den Ponte de la Racheta. Langsam kehrte ich zurück bis zum Eingang des ersten Sottoportego jenseits des Lichtbrunnens, den die Corte bildete. Oben links befand sich eine Nische; darin ein Betender mit schwach erhobenen Armen und Händen: das uralte Symbol des Strebens nach dem Himmel, die Sehnsucht der Immanenz nach Transzendenz.

Der Sottoportego ist eine Passage zu Lande, die direkt durch ein Gebäude hindurch führt. Er dient vor allem als Durchgang. Seine Bedeutung kann aus der unterschiedlichen Typologie abgeleitet werden, die einen solchen Durchgang kennzeichnet. Meine Reise nahm immer mehr eine symbolische Dimension an. Im Geist stellte ich mir noch einmal die Sottoporteghi vor, durch die ich in jener Nacht schon gegangen war. Der letzte verband zwei irdische Wege, eine Calle mit einer anderen: der Sottoportego zwischen Calle Stella und Calle larga dei Boteri, direkt vor dem Eingang zur Calle Ruzzini, dem scheinbaren Ausgang des Labyrinths. Er war eine Höhle zwischen zwei Gängen und simulierte eine »Reise in die Unterwelt«, auf die eine »Reise an der freien Luft« folgte. Der Tod in der profanen Welt, auf den der Abstieg in die Unterwelt folgt, wird symbolisch durch den dunklen Gang dargestellt, der, häufig mit Eingangsbogen und Tonnengewölbe, verglichen werden kann mit der Symbolik der Höhle, die Zutritt zur Unterwelt gewährt, wie schon die Grotte der Sibylle von Cumae. Die Höhle als Ort, an dem sich die Initiation vollzieht, fügt Tod und »zweite Geburt« als zwei Aspekte ein und derselben Zustandsveränderung zusammen. »Der Übergang von einem Zustand zum anderen« muss sich »immer im Dunklen vollziehen; in diesem Sinn wäre die Höhle also genauer gesagt der Ort des Überganges selbst«[55]. Der Übergang von der Dunkelheit ins Licht besiegelt die neue Epiphanie, die zweite Geburt.

Ich hatte den Sottoportego durchschritten, den Ponte de la Racheta überquert und befand mich nun auf den Fondamenta San Felice. Unten an der Brücke begann wieder eine rote Backsteinmauer. Aus dem Garten dahinter wucherte dichtes Laubwerk herüber, verschlungen und vibrierend wie die Wünsche der Jugend. Ich wandte mich nach rechts, um mich vom Zentrum des imaginären Kreises zu entfernen, den ich im Geist gezogen hatte; trotz der symbolischen Assoziationen, die immer vielschichtiger wurden, versuchte ich, ihn nicht aus den Augen zu verlieren. Ich nahm links den Ramo de la Misericordia, und der Ponte de la Misericordia führte mich auf den Campo de la Misericordia; zu meiner Linken floss der Rio de la Misericordia. Meine Reise stand jetzt geradezu zwanghaft im Zeichen dieses Namens. Ich dachte an die »rechte Säule« des sephirothischen Baums, die »Säule der Gnade« eben, die eng mit der Symbolik der Treppe zusammenhing. Mir wurde bewusst, dass ich über unzählige Brücken mit auf- und absteigenden Treppen gegangen war.

Die Treppe ist ein axiales Symbol, sie führt zur Achse des Universums zurück; eine Treppe bzw. Leiter hinaufzusteigen entspricht daher symbolisch dem Aufstieg des Seins entlang der Weltachse. Die Stufen oder Sprossen entsprechen den verschiedenen Ebenen oder Zuständen der universellen Existenz, die beiden Seitenteile dagegen der »Dualität des ›Baums der Erkenntnis‹ oder in der jüdischen Kabbala den beiden ›Säulen‹ rechts und links des ›sephirothischen Baums‹«[56], nämlich der Säule der Gnade und der Härte. Eine Treppe oder Leiter zu erklimmen bedeutet also jedes Mal, auf einer höheren Bewusstseinsebene und einem höheren Entwicklungsstand wiedergeboren zu werden. Die Leiter ist, wie im Fall Jakobs, eine senkrechte Brücke, die von der Erde in die Höhe des Himmels führt.

In den mithraischen Mysterien besaß die Initiationsleiter sieben Sprossen, die den sieben Initiationsstufen entsprachen. Die sieben Sprossen der Leiter bestanden aus sieben verschiedenen Metallen: Blei, Zinn, Bronze, Eisen, Mischmetall, Silber, Gold.[57]

Sie stellten die höheren Seinszustände dar, die man im initiatischen Erkenntnisprozess graduell erreichen musste. Die Zuordnung dieser sieben Stufen ist unter anderem aus der *Epistola ad Laetam* des heiligen Hieronymus abgeleitet: *corax, cryphius, miles, leo, Perses, heliodromus, pater*[58]. Jeder dieser Seinszustände wurde von einem Planeten beschützt: Merkur, Venus, Mars, Jupiter, Mond, Sonne, Saturn. Ich hatte mich nicht nur wegen der Symbolik der durch die Leiter dargestellten »stufenweisen« Inititation bei den mithraischen Mysterien aufgehalten, sondern auch wegen des engen Bezugs, der zwischen dem Mithräum, der initiatischen Höhle, und der Symbologie der zweiten Geburt besteht.

Mithra war, nach einer ihm mitgeteilten Mythologie, aus dem Felsen geboren (*de petra natus*). Die Höhle wurde so zum Geburtsort, wodurch sich eine Verbindung nicht nur zur Symbolik der kretischen Höhlenlabyrinthe (den Orten der Initiation in die Mysterien der Terra Mater) herstellte, sondern auch zur Symbolik von Christi Geburt in Betlehem. Das Mithräum kommt auch in einer armenischen Tradition als Ort der Wiedergeburt vor; der neue König war der reinkarnierte Mithra selbst, der, wiedergeboren, einmal im Jahr aus einer Höhle trat, in die Meher (Mihr, Mithra) eingeschlossen worden war.

Die Brücke hat ebenfalls mit der Symbolik des Übergangs zu tun. Als ursprüngliche Form der Brückensymbolik kann ein Seil, ein Balken oder auch eine feine Klinge zwischen den zwei Ufern gelten, die die beiden Seinszustände darstellen. Die so ausgedrückte Schmalheit der Brücke verwies auf die Selektivität des Prozesses, die auf der Gefährlichkeit der Initiation beruhte.

Die verderblichen Aspekte der Brücke konnten denjenigen, der geistig nicht genügend qualifiziert war, in den Ruin treiben. Der Weg, den man zurücklegen musste, um von einer Welt in die andere zu gelangen, war ein einziger: Doch wenigen gelang es, die Brücke zu überqueren, denn die initiatische Erkenntnis war aus eigener Kraft und ohne höhere Hilfe nur schwer zu erlangen. Der Brückensymbolik entspringt die Funktion des *pontifex* (von *pons* und *facio*), des Mittlers zwischen der sinnlichen und der übersinnlichen Welt, dem Hohepriester, der den Kult zelebrierte.

Die Brücke stellte den Übergang vom Tod zum Leben, von der Erde zum Himmel dar. Diese Welten, getrennt durch die universelle Erscheinung, die vom Fluss bzw. Kanal repräsentiert wurde, sind durch die Brücke verbunden. Symbolisch entspricht die Brücke demnach der Weltachse, die die Erde mit dem Himmel verbindet.

Immer mehr umhüllte mich die einzigartige Erfahrung jener Nacht, als unerwartet das Leitmotiv der Lanze in meinem Geist erklang; von fern, aber klar.

Eine weiße Reihe unzähliger niedriger Säulchen in der Mitte des breiten weißen Rahmens aus istrischem Stein, welcher die Fondamenta de la Misericordia abschloss, war durch ein schwarzes Metallgeländer verbunden bis zu einem Mäuerchen aus rotem Backstein, das, im rechten Winkel nach innen abbiegend, den Zugang zu einer zauberhaften Holzbrücke flankierte. Zu meiner Rechten brachen sich die Wellen des Meeres, das aus der Lagune hereindrängte und den Rio de la Misericordia bildete, an den vier Seiten einer geheimnisvollen, unten und an den Ecken mit einem Streifen aus weißen Steinen verzierten Einfriedungsmauer, die einen fünfeckigen Garten verbarg. Die Zahl Fünf drängte sich immer wieder auf.

Zu meiner Linken erhob sich ein eindrucksvolles Gebäude, die Scuola nuova de la Misericordia. Eine der sechs Großen Schulen Venedigs. Das Fehlen der Verkleidung und die sichtbaren Ziegel verliehen ihr ein archaisches Aussehen, ähnlich einem sumerischen Tempel, in dem Sansovino in der ersten Hälfte des 16. Jahrhunderts Hand angelegt und Giebel, Nischen und Gewölbe gezeichnet hatte.

Ich merkte, dass ich die Fondamenta de la Misericordia entlang und über den Ponte de l'Abbazia gegangen und soeben am Ende der gleichnamigen Fondamenta angekommen war. Vor mir lag die Sacca de la Misericordia: Noch einmal ein Irrtum, ein Umweg, ein Punkt, an dem es nicht weiterging. Ich kehrte um.

Auf dem hölzernen Ponte dell'Abbazia blieb ich stehen. Ich drehte mich um und staunte: Der Campo dell'Abbazia hatte genau die Form eines Quadrats, und das Pflaster aus roten Backsteinen, die so verlegt waren, dass sie ein Flechtwerk schräger Linien bildeten, wurde rechtwinklig von Streifen aus weißem Stein durchschnitten, so dass sich vier mal vier Quadrate ergaben, genau wie auf dem Friedhof der Insel San Michele.

Das Quadrat hoch vier wurde im Norden von der ehemaligen Kirche Santa Maria di Val Verde begrenzt, der alten Abtei, die auf dem ebenso genannten Inselchen stand, und im Westen von der Scuola Vecchia de la Misericordia, einem faszinierenden gotischen Bau. In der Mitte des Campo, im Zentrum eines der Quadrate des »Quadrats hoch vier« stand ein weißer runder Brunnen, der auf einem rechteckigen weißen Sockel ruhte. Die Symbologien des Quadrats der Erscheinung und des Himmelskreises kehrten zurück. Ich wandte mich den abwärts führenden Stufen der Brücke zu.

Das Lanzen-Motiv war noch nicht verklungen. Es weckte eine ferne, aber präzise Assoziation in mir. Die Brücke und die Treppe, Symbole für die Achse, standen mit der Lanze des Grals in Zusammenhang. Während ich rückwärts zu gehen begann, erinnerte ich mich, dass der Lanze die Kraft des Grals zugeschrieben wurde, nämlich »Leben zu schenken«. Diese Kraft zeigt sich in der Fähigkeit, tödliche Wunden zu heilen, das Leben zu erneuern und zu verlängern.

Während König Titurel auf den Erlöser wartete, den Ritter, der würdig war, den dreizehnten Platz an der Tafelrunde einzunehmen, auf Parsifal, der vorbestimmt war, die ursprüngliche Ordnung wieder herzustellen, wurde er künstlich am Leben erhalten; seine Existenz wurde mühsam verlängert. Es war die Auffassung vom König, der »lebt und nicht lebt«.

In Wagners *Parsifal* wird der Gralsritus nicht dadurch behindert, dass der Kelch fehlt, sondern weil die Lanze fehlt: Titurel »lebt und lebt nicht«, aber er kann den Gral nicht verwalten; der verwundete Amfortas hält sich nicht für würdig, den Gralsritus zu vollziehen, der andererseits zwar das Leben in ihm erneuern, aber zugleich auch den Schmerz verschärfen würde. Die Ankunft Parsifals fällt mit Titurels Tod zusammen. Durch die Berührung von Amfortas' Wunde mit seiner Lanze wird Parsifal dessen Verletzung heilen und die Durchführung des Rituals ermöglichen. Des weiteren besaß die Lanze die Kraft, Macht, Sieg und Herrschaft zu verleihen.

Die Lanze verweist auf die Weltachse und hängt direkt mit einem anderen Begriff der Kabbala zusammen: dem Engel Metatron, »Wächter, Herr, Gesandter, Mittler, Autor der Gotteserscheinung in der sinnlichen Welt«. Ich dachte an Guénon.

Die Weltachse ist die Relation und die Konjunktion zwischen dem irdischen Pol, der durch den Obersten der initiatischen Hierarchie oder König der Welt symbolisiert wird, und Metatron, Mittler des himmlischen Pols, Urheber der Epiphanien Gottes in der Welt des sinnlich Wahrnehmbaren.

Die Weltachse verbindet so den himmlischen Pol bzw. die Große Pontifikalmacht und den irdischen Pol bzw. die Gesetzesmacht. Die Weltachse stellt die Verbindung her zwischen den beiden Erscheinungen der *Shekhināh*, der die »Glorie« oben im Himmel und der den »Frieden« auf Erden betreffenden. Als Macht ist die Weltachse mit der Sieges- und Herrscherkraft verbunden.

Die Symbolik der Lanze ist der des Kelchs entgegengesetzt: Die Lanze steht in direkter Beziehung mit dem Berg, während der Kelch in direkter Beziehung zur Höhle steht. Die Lanze ist Antinomie des Kelchs, der Berg ist Antinomie der Höhle; auf gleiche Weise bilden die beiden umgedrehten Dreiecke das Zeichen auf dem Siegel Salomos.

Wenn die Weltachse offensichtliche Analogien zum Lebensbaum aufweist, stellen viele Traditionen eine unabweisliche Beziehung zwischen Blut und darin enthaltener Nährkraft her; deshalb entspricht das Blut, das von der Lanze tropft, dem Tau des Lebensbaums. Mircea Eliade[59] zitiert einen mittelalterlichen Text, in dem von der Kraft einiger auf dem heiligen Grab gewachsener Wunderblumen erzählt wird, die Verletzungen heilen können: »Sur lai fosse de notre seigneur il i a trois fleurs: l'une de grace, l'autre de volunté et l'autre por li sanc guarir«[60].

Nachdem ich zum Campo de la Misericordia zurückgekehrt war, wanderte ich die nach Nordwesten ausgerichteten Fondamenta de la Misericordia entlang, war mir aber bewusst, dass ich mich möglichst bald nach innen, nach rechts wenden musste, um dann gegen den Uhrzeigersinn weiterzugehen und in die gesuchte Bahn des Kreisbogens des nordöstlichen Quadranten einzuschwenken. Unterdessen verflochten sich die Symbologien des Grals mit denen, die ich auf meiner Reise in den urbanen Strukturen Venedigs las, und verschmolzen mit ihnen. Die Reise ins Innere der Stadt war eine Reise in die Symbologien, die der Kelch und die Lanze vom Monsalvat evozierten. Langsam begann ich über die Möglichkeit nachzudenken, dass meine Lesart von Wagners *Parsifal* durch diese Erfahrung beeinflusst sein könnte.

Ich bog nach rechts ab, überquerte den Campiello Trevisani und war auf dem Ponte de corte Vechia. Ich überlegte, dass der Achsencharakter der Brücke und auch ihre symbolische Funktion, die Erde mit dem Himmel zu verbinden, sie der Symbolik der Treppe oder Leiter annäherte, über deren aufsteigende Bedeutung ich soeben nachgedacht hatte. Die Symbolik der Brücke, die der Treppe und die der Weltachse überlagern sich. Das Ufer, das man verlässt, stellt die Erscheinungs-Welt dar; indem man dann noch einmal die verschiedenen Seinszustände durchläuft, die mit den Stufen der Treppe übereinstimmen, erreicht man entlang der Weltachse die anfängliche Einheit, das Ufer des nicht Sichtbaren. Das Ufer der wirklichen Welt, wo alles sich wandelt, ist die Erde, die Welt des Todes; das andere, das des Übersinnlichen, der Unbeweglichkeit in der Einheit, ist der Himmel, die Welt des Lebens.

Hier begegnen sich die Symbologien des Labyrinths, der Treppe, der Brücke und des Brunnens. Auch die Symbologien des Übergangs, die im Zusammenhang mit der Calle und dem Sottoportego analysiert wurden, haben die gleiche Grundlage: die zweite Geburt oder Wiedergeburt zu einem höheren Seinszustand.

Ich befand mich in der Mitte der Brücke, was mich bewog, sie nicht entsprechend ihrer Längenachse zu betrachten, die den Kanal überquerte, sondern nach ihrer vertikalen Achse, und sofort fiel mir die Symbolik des Regenbogens ein. Der Regenbogen erscheint nach dem Regen, der den Einfluss des Himmels auf die Erde darstellt. Also ist der Regenbogen ein Zeichen der Vermittlung zwischen Erde und Himmel; wieder tauchte die Achsensymbolik auf. Der Regenbogen als »Himmelsbrücke« verkörpert das – in der Natur gespiegelte – Symbol für den Brückenbauer, den *Pontifex*, mit äquivalenten Bedeutungen.

Als ich die Stufen der Brücke zur Corte Vechia

hinunterging, wurde mir etwas ganz Offensichtliches klar.

Die venezianische Brücke weist systematisch die »doppelte Treppe« auf: Jedem Anstieg entspricht ein Abstieg. »Man steigt also auf der einen Seite Sprossen hinauf, d.h. Stufen der Erkenntnis, die der Verwirklichung ebenso vieler Stadien entsprechen, und auf der anderen Seite steigt man Sprossen hinunter, die ›Tugenden‹ sind, d.h. die Früchte eben dieser Stufen der Erkenntnis, angewandt auf den jeweils entsprechenden Ebenen«[61].

Über die Brücke zu gehen hängt mit der Symbolik der Überquerung von einem Ufer zum anderen zusammen; der Fluss bzw. Kanal, der zwischen den beiden Ufern fließt, ist der, der den Tod vom Leben trennt; jener »Todesfluss«, den man durchwaten kann, doch besser ist es, überzusetzen mit einem Boot, Rettungsfigur in der Symbolik der Schifffahrt, angewandt auf die Sintflut. Die schwarze Gondel ist somit Symbol für den Übergang; sie setzt von einem Ufer zum anderen über, wie das heilige Sonnenboot (*uia*) der alten Ägypter, das unter dem Schutz von Re die Toten transportierte. Die symbolische Überfahrt der Gondel bedeutet ebenfalls Wiedergeburt, wie in der Symbolik des Mondes, dessen silberne Sichel – so soll sie hier gesehen werden – oben am Bug angebracht ist.

Diese Klinge wird gewöhnlich »dolfin« genannt, nach der gleichnamigen Dogenfamilie. Aber der Delphin erinnert an die Symbolik der Gewässer und der Transfigurationen; auch er ist ein Symbol für Wiedergeburt und als solches Apollos Dreifuß zur Seite gegeben, wodurch eine Annäherung an die Symbolik der Weisheit und Weissagung erfolgt. In der griechischen Kunst erscheint der Delphin als einer, der die Seelen der Toten geleitet, die gleiche Funktion, die Hermes ausübt. Der Delphin, ein heiliges Tier, trägt die Verstorbenen auf seinem Rücken zu den Glücklichen Inseln, vom Tod zur Unsterblichkeit, und tritt so mit der hyperboreischen Symbolik in Beziehung.

Zusammengesetzte Symbologien wie die venezianische findet man auch in einem Felsengrab in Sutri in Etrurien. Es handelt sich vermutlich um ein Mithräum, das im Hochmittelalter in eine Felsenkirche mit dem bedeutsamen Namen »Madonna del Parto« (Madonna der Geburt) umgewandelt wurde. Das Mithräum hat eine bilaterale Struktur, bestehend aus sieben Stützpfeilern, die auf einem durchgehenden Podium stehen, der Länge nach durch einen Bogen miteinander verbunden sind und das Tonnengewölbe stützen, das den *dromos* überdeckt; ein schmaler Durchgang trennt auf beiden Seiten das Podium, auf dem die Pfeiler stehen, von dem, das aus der Felswand geformt wurde.

Der stark ansteigende Fußboden unterstreicht die symbolische Bedeutung der sieben Bögen. Der Bogen, der auf jeder Seite der Länge nach einen Pfeiler mit dem nächsten verbindet, evoziert die Symbolik der Brücke, die zwischen zwei Ufern, zwei Stufen der Initiation, gespannt ist. Die Symbolik der Treppe oder Leiter kann man lesen, indem man sich vorstellt, die Pfeilerpaare zu beiden Seiten des Mithräums seien durch sieben imaginäre Sprossen verbunden. So ergibt sich eine aufsteigende Leiter, an deren Holmen, gebildet aus den seitlichen *podia*, für jede Sprosse ein Stützpfeiler aufragt, von dem nach jeder Seite sieben Brücken ausgehen, um das Bogengewölbe zu halten, das alles überdeckt. Die Symbolik der Wiedergeburt ist hier lesbar in der Komposition Treppe-Brücke-Übergang und in dem Bogen, der als symbolischer Mittler zwischen Erde und Himmel fungiert.

Am Ende der Corte Vechia erreichte ich den Ponte de la Sacca. Man trat durch einen Bogen, der aus den Ruinen einer baufälligen Mauer zu ragen schien. Endlich gelang es mir, zwischen der Mitte der Brücke und dem äußersten Ende der Fondamenta Nove, das ich jetzt auf der entgegengesetzten Seite der Sacca de la Misericordia sah, den Kreisbogen zu schlagen, den ich nicht hatte gehen können. Ich hatte den Weg wiedergefunden: Die Reise konnte weitergehen. Die Suche nach jenem nördlichen Punkt auf der imaginären Achse, die ihn mit dem Teatro La Fenice verbinden würde, wo ich in jenen Tagen an meiner »expressiven« Erfahrung des *Parsifal* arbeitete, war inzwischen zu einer unverzichtbaren Notwendigkeit geworden.

»Wir kennen den Weg. Wir fanden den Ausgang.«[62]

Alle Traditionen, von den ältesten bis zu den jüngsten, nehmen immer Bezug auf etwas Unzugängliches, sehr Fernes, Verlorenes oder Verborgenes, das mit verschiedenen Symbolen dargestellt wird. Auf den Verlust folgt eine Zeit der Verfinsterung und Verwirrung: das *kāliyuga* oder schwarze Zeitalter der vedischen Tradition.

Der Sinn der Sage von der Gralssuche lag in der Notwendigkeit, wiederzufinden, was verloren oder was verborgen war. Dieses Etwas, und damit auch die initiatische Erkenntnis, musste wegen der Phase geistiger Verdüsterung verhüllt bleiben. Daher kam der kryptische Charakter der Mysterien des historischen Altertums: die Agartha in der orientalischen Tradition, die Eleusinischen und Orphischen Mysterien im klassischen Griechenland, wie auch die Mysterien von Isis und Osiris im ptolemäischen Ägypten. Die Zeit der Verfinsterung bedeutete Loslösung vom Prinzip des Wissens, was in der biblischen Symbolik durch den Turm von Babel, die Sprachverwirrung, bildlich dargestellt wurde.

Sich vom ursprünglichen Zentrum zu entfernen oder es zu verlieren, bedeutet symbolisch, in der Sphäre des Zeitlichen eingeschlossen zu sein, also die Betrachtung der Dinge unter ihrem ewigen Aspekt verloren zu haben.

Das Ur-Zentrum oder Zentrum der Welt kann in sekundären, mit ihm verbundenen Zentren wieder aufleben, die sein Abbild sind. Der Monsalvat oder Gralsberg ist nichts anderes als eines dieser sekundären Zentren, die mit dem Ur-Zentrum zusammenhängen wie in der historischen Zeit Delphi, Jerusalem, Rom, Kreta, die Insel der vier Herrscher, Irland und Thule. Das geistige Zentrum oder Ur-Zentrum wurde stets im Osten gesehen, daraus wird abgeleitet, dass eine der Hauptaufgaben der Ritterorden darin besteht, eine intensive Beziehung und Kommunikation zwischen Osten und Westen zu sichern.

Der Gralszyklus bedeutete die Suche nach dem

ursprünglichen Zentrum und dessen Symbolen. Den Gral bilden zwei Symbole: Schale, Becher oder Kelch und Lanzenspeer. Die »Suche« des Grals ist nichts anderes als, einerseits, diese Gegenstände, oder besser gesagt, die mit diesen Gegenständen verbundenen Symbole zu suchen (der Gegenstand ist wirklich nur, insofern er bedeutet, d.h. insofern er Symbol ist); und andererseits, sie zu finden und in ihr ursprüngliches Zentrum zurückzubringen und so das Gleichgewicht wieder herzustellen. Die Schale in der von Wagner benutzten christlichen Adaption des *Parsifal* ist ein heiliges Gefäß, das das Blut Christi enthält; analog dazu ist die Lanze diejenige, die der Zenturio Longinus Jesus in die Rippen stieß, worauf Blut und Wasser austrat. Der Kelch, ebenfalls in der an weiteren symbolischen Bedeutungen reichen christlichen Adaption, war der Kelch des Abendmahls, in dem dann das Blut Christi aufgefangen wurde (der Name Longinus hängt übrigens etymologisch mit dem Wort Lanze zusammen; sowohl auf Griechisch als auf Lateinisch weist es die gleiche Wurzel auf, resp. *longhé* und *lancea*).

Anders als in der christlichen Adaption wird der Gral in den verschiedenen Texten von Fall zu Fall in unterschiedlichen Formen und Aspekten gezeigt. Wolfram von Eschenbach beschreibt ihn als immateriellen Gegenstand, der mit einer Eigenbewegung unbestimmter Natur ausgestattet ist.

Der Gral wird auch als Himmelsstein oder Stein des Lichts dargestellt. Chrétien de Troyes spricht von ihm als Becher oder Becken oder goldenes, mit Edelsteinen verziertes Tablett. Ein besonderes

Merkmal des Grals ist, dass er auch von jungfräulichen Frauen und Königinnen getragen wird; bedeutungsreich ist in diesem Zusammenhang, was Erich Neumann in seinem Buch *Die Große Mutter* über die Beziehung schreibt, die sich so zwischen Körper, Schale, Frau und Unbewusstem herstellt.

Ich war die Fondamenta Gasparo Contarini und die Fondamenta de la Madonna dell'Orto entlanggegangen. Jäh wurde ich aus meinen Überlegungen gerissen: Die Fondamenta endeten an einem Kanal, dem Rio dei Zecchini. Ich musste umkehren. Ich erinnerte mich, dass ich in Evolas Werk über den Gral gelesen hatte, Wolfram von Eschenbach berichte, er habe seine Erzählung von einem gewissen Kyot, dem Provenzalen abgeleitet, einem Autor, von dem nie Kunde zu uns gedrungen ist. Angeblich sei die Legende von Parsifal und dem Gral von Kyot dank seiner Kenntnis der magischen Buchstaben entziffert worden. Andererseits heißt es, Flegetanis, ein Abkömmling vom Stamme Salomos, habe den Namen des Grals in den Sternen gelesen: »Die Sterne erforschend, entdeckte er tiefe Geheimnisse, von denen er nur mit Zittern sprach«[63].

Die Geschichte des Grals weist also übernatürliche, geheime, initiatische Züge auf.

Während ich das Stück Wegs zurückging und mit dem Blick den Fondamenta bis zum Ponte de la Sacca folgte, begriff ich, dass ich mich von der Krümmung des Bogens jenes imaginären Kreises entfernt hatte, den ich doch hartnäckig verfolgte.

Ich wandte mich also nach rechts und ging über die Brücke und durch die Calle Loredan, bis ich die Fondamenta de la Sensa erreichte. Ich hatte deutlich den Eindruck, mich auf der richtigen Bahn zu befinden; der Ort, den ich suchte, konnte nicht mehr fern sein, vielleicht hatte ich ihn schon flüchtig gesehen, doch ihn zu erkennen schien ein schwieriges Unterfangen. So sehr ich mich auch bemühte, es gelang mir nicht, die genauere Richtung der Achse zu ermitteln, die das Teatro La Fenice mit dem gesuchten Ort verband, und dies, obwohl ich im Geist den Halbkreis rekonstruierte, der über den Ponte de la Sacca und das äußerste Ende der Fondamenta Nove bis zur Calle Ruzzini verlief und dann als Bogen des Südost-Quadranten weiterführte bis zum Theater, wo die Proben für den *Parsifal* stattfanden. Wenn die in jener Nacht unternommene Reise einen Sinn hatte, und wenn ich trotz unendlich vieler Fehler und Umwege endlich auf dem rechten Weg angekommen war, musste mir ein Zeichen erscheinen, das es mir gestattete, den Punkt zu erkennen, der dem Ort der Wiedergeburt gegenüberlag. Der Phoenix – La Fenice – war das Symbol der Wiedergeburt aus der Asche. Dieser Gedanke bestätigte mich noch weiter in dem Bewusstsein, dass die Reise immer mehr eine initiatische Bedeutung annahm.

Es war mir unmöglich, mir visuell ein Gebäude, eine Brücke, eine Calle vorzustellen, die die Antinomie der Wiedergeburt, also die Versuchung, die Sünde repräsentierten. Plötzlich stand ich vor dem Ponte de la Malvasia und begriff, dass ich an einem entscheidenden Scheideweg angekommen war: die

Brücke überqueren oder weiter die Fondamenta entlanggehen? Beinahe im Laufschritt ging ich sie bis zum Ende, doch begegnete mir nichts, was ich als Zeichen oder Hinweis hätte verstehen können; die Calle dei Riformati hätte mich noch weiter von meinem Ziel entfernt. Ich kehrte zum Ponte de la Malvasia zurück und überquerte ihn: Vor mir lag eine lange, dunkle, Angst einflößende Gasse. Ich zögerte. Ein plötzliches, seltsames Gefühl der Unruhe überkam mich. Inzwischen war es drei Uhr. Kaum waren die Glockenschläge in der Nacht verklungen, konnte ich den Mond wieder sehen: Es waren die Fondamenta dei Ormesini. Ich blieb stehen und lauschte, ich weiß nicht, ob dem Geräusch des Wassers oder dem Klang, den die Steine erzeugten, von meinen Schritten in Schwingung versetzt.

Anstatt den Ponte dei Ormesini zu überqueren, ging ich lieber links herum gegen den Uhrzeigersinn bis zum Ponte del Gheto Novo, mit der Vorstellung, den äußersten Abschnitt des Bogens zu vervollständigen. Vor mir öffnete sich der gleichnamige Campo. Es war ein magischer Platz von beunruhigender Schönheit. In der Kindheit gehörte er zu meinen Lieblingszielen, wenn ich sonntags allein loszog, um die Geheimnisse meiner Stadt zu ergründen. Ich weiß zwar nicht warum, aber ich wagte mich damals nie weiter vor, den Ponte del Gheto Novo überquerte ich nie. Ich erreichte den Platz immer auf dem gleichen Weg, das heißt, ich kam von Westen und hielt mich rechts: Ponte de le Guglie, Fondamenta de Cannaregio, Sottoportego del Gheto Vechio, Campiello de le Scuole, Corte Scala Mata, Ponte del Gheto Vechio und dann der Campo. Auf demselben Weg kehrte ich auch immer zurück.

Das Gheto war eine fünfeckige Insel, etwa gleichschenklig, und der Campo, umrahmt von einer Häuserreihe, die ihn auf drei Seiten gegen den Rio gleichen Namens und auf den andern beiden Seiten gegen den Rio del Battello und den Rio di San Girolamo abschloss, hatte ebenfalls fünf Seiten. Auf der Achse des Pentagons, am Schnittpunkt der beiden oberen Seiten, war ein viereckiger Sottoportego eingezwängt, feucht und dunkel, mit abgenutzten Wänden und Balken an der Decke, die in regelmäßigen, horizontalen Reihen angeordnet waren. Deutlich sah man am Ende das Licht des Ausgangs, ein Quadrat, in dem, wie eine Schmetterlingspuppe, die überaus leichte, ansteigende Holztreppe des Ponte del Gheto Novissimo schwebte.

Der Campo wies in jener Nacht sechzehn quadratische Löcher auf, von denen nur neun von Bäumen unterschiedlichen Alters und Größe besetzt waren. Es gab drei Brunnen, alle mit runder Basis, die leicht erhöht auf viereckigen Sockeln standen.

Links vom Sottoportego del Gheto Novissimo war noch ein zweiter angegliedert, luftig am Anfang, mit drei hohen Pfeilern, die auf der Seite des Campo das Holzgebälk stützten, dann finster und Angst erregend, begrenzt von vier niederen, schweren Bögen mit abblätternden Wänden, an denen das Rot der Backsteine zum Vorschein kam. Stille umgab die Erwartung. Ich bewegte mich zwischen den beschriebenen Dingen, als suchte ich langsam, aber intensiv. Zum erstenmal in jener Nacht erschienen mir die Bäume spärlich, bestürzt, leblos; der Mondschein erhellte zart ihre schwarzen Wipfel, fast als wollte er einen zurückgehaltenen, uneingestandenen Schmerz lindern.

Auf einmal Jacob: ein zarter, schmächtiger Mann von kleiner Statur, die hohe Stirn von feinen Falten durchzogen, die schütteren weißen Haare lang im Nacken, die Nase leicht gebogen, schmal, die durchdringenden Augen von hellstem Blau, die leicht aufgeworfenen Lippen von einem fließenden weißen Bart umrahmt, die Stimme ein wenig heiser, stumpf, tief, sanft und gewinnend; er trug stets einen langen grauen Kittel.

Ich kehrte zurück in den Sottoportego mit den niederen, schweren Bögen; die Tür war verschlossen, die Fenster verrammelt, die Wohnung verwaist. Jacob hatte eine Schusterwerkstatt.

Er erzählte mir von der Kabbala von Simeon ben Jochai, Rabbi am Anfang des 2. Jahrhunderts n. Chr., von seinen Lektionen, die die Schüler im Zohar, dem Buch des Lichts, gesammelt hatten. Er erzählte mir vom Granatapfelgarten von Moses Cordovero, der die spekulativ-metaphysische Seite der Kabbala entwickelte, und vom praktischen Charakter der Lehre von Isaac Luria, die dann in der Sekte der Chassidim radikalisiert wurde. Ich erinnere mich noch an seine einfache, würdevolle Werkstatt mit dem rechteckigen, massiven, nüchternen Tisch in der Mitte, auf dem wohl geordnet die Werkzeuge lagen, an den angenehmen, intensiven Geruch nach Leim, der in dickwandigen Glasbehältern aufbewahrt wurde. Rundherum waren überall Holzregale angebracht, schmucklos und wesentlich, in denen auf der einen Seite die reparaturbedürftigen, auf der anderen die schon gerichteten Schuhe lagen.

Von der niedrigen Decke hing über der Mitte des Tisches an einem Elektrokabel eine Glühbirne herab. Das Licht war matt und diffus wie Jacobs Stimme. Er sprach und arbeitete. Eines Tages sagte ich zu ihm, ich wisse von einem anderen Schuster, einem Theosophen, der einige Jahre nach Moses Cordoveros Tod in dem Dörfchen Alt-Saidenberg bei Görlitz in der Oberlausitz als Sohn armer Bauern auf die Welt gekommen sei; er habe geheimnisvolle Bücher geschrieben; auch er habe Jakob geheißen und sei von Kindesbeinen an von den Eltern dazu angehalten worden, die Herde zu hüten; er blickte mich lange an und lächelte, wie wenn er seine Enkelin Anna umarmte. Sie war von einer entzückenden, leicht verwirrenden Schönheit, hatte goldblonde Haare und schmale Hände mit langen, zarten Fingern. Sein unmerklich verängstigter und zugleich verführerischer Blick rührte an die Seele. Er litt an Asthma. Eines Tages sagte man mir, dass Jacob gestorben war. Von Anna hörte ich nichts mehr.

Dass ich in jener außergewöhnlichen, geheimnisvollen Nacht einen der Orte wiedergefunden hatte, die mir in der Jugend besonders lieb gewesen waren, erfüllte mich mit jenem heftigen, verzehrenden Gefühl von Melancholie und Verlust, das die Deutschen *Sehnsucht* nennen. Vielleicht war das der Ort, den ich suchte. Dennoch gelang es mir nicht zu begreifen, wieso der Campo del Gheto

Novo der Antipode der Wiedergeburt, der Ort der Versuchung und der Prüfung der Sünde sein sollte. Das konnte nur sehr persönliche, private und unwiederholbare Gründe haben und nur mit meiner initiatischen Erfahrung jener Nacht zusammenhängen, jenseits jeder historischen Überlegung.

Das dachte ich, während ich durch den Sottoportego, über den Ponte und dann die Calle del Gheto Novissimo entlangging, aber ich ahnte, dass ich mich von der Erklärung, die ich suchte, entfernte. Ich kehrte um und betrachtete den Campo als das Ende des Ariadne-Fadens. Ich überquerte erneut den Ponte del Gheto Novo, rechtsherum und im Uhrzeigersinn, und wandte mich mit derselben Orientierung wieder zu den Fondamenta dei Ormesini. Ich ging langsam, studierte alles mit einer Neugier und einer Kraft, die ich nicht mehr bremsen konnte. Ich begegnete einem Sottoportego, dachte noch einmal intensiv an die Symbolik der Wiedergeburt, überquerte den Ponte dei Lustraferi, beschleunigte den Schritt und fühlte mich von einer Brücke angezogen, die zu einer gewaltigen Mauer führte.

Diese Mauer war über vier Meter hoch und von fünfeckigen Zinnen gekrönt. Die Zahl Fünf drängte sich immer wieder auf mit ihren Symbolgehalten und stellte eine Verbindung her zwischen diesem Ort und dem Campo del Gheto Novo.

Es war die gewaltigste und längste Einfriedungsmauer, die mir in jener Nacht begegnet war: Sie bog im rechten Winkel vom Rio della Misericordia zum Rio dei Servi ab, verlief gegenüber der Schiffswerft und umschloss einen riesigen Garten.

Hinter diesen roten Backsteinmauern, die meinen ganzen nächtlichen Gang begleitet hatten, lag der Garten des ehemaligen Klosters Santa Maria dei Servi. Kirche und Kloster, gebaut im 14. Jahrhundert, wurden im 19. Jahrhundert zerstört. Wenig später kaufte ein Abt das Areal und gründete dort eine Mädchenschule.

Gärten, Mädchen, Mauern, Blumen, Wasser.

Verblüfft blieb ich stehen und betrachtete den Mond, der stumm am Himmel stand. Ich suchte einen Schlüssel, der das Geheimnis enthüllte. In jenem Augenblick wurde mir klar, dass die Brücke auf die Fondamenta de la Misericordia führte, deren Anfang ich kurz zuvor in entgegengesetzter Richtung gegangen war. Ich begriff, dass das, was ich suchte, im Ponte dei Servi seinen Endpunkt hatte. Ich überdachte noch einmal die letzten Etappen der Reise und schrieb im Geist die Namen der Orte auf, beginnend mit dem letzten.

Ponte dei Servi
Ponte dei Lustraferi
Fondamenta dei Ormesini
Campo del Gheto Novo
Fondamenta dei Ormesini

Der Name der Fondamenta dei Ormesini, wo der letzte Abschnitt der Reise begonnen hatte, kam zweimal vor und polarisierte den Campo del Gheto Novo. Es war klar, dass der Campo del Gheto Novo das gesuchte Zentrum darstellte, aber die Gründe dafür konnte ich mir noch nicht erklären.

Den Campo del Gheto Novo festhaltend, schrieb

ich die Namen im Geist noch einmal, fing aber diesmal mit dem ersten Ort des letzten Abschnitts an und ließ die Wiederholung weg.

Fondamenta dei Ormesini
Campo del Gheto Novo
Ponte dei Lustraferi
Ponte dei Servi

Ich war wie versteinert: Die ersten beiden Laute jedes Namens ergaben, der Reihe nach gelesen, OR-GHE-LU-SE. Die Frau der Liebessehnsucht, der Versuchung und der Sünde, die Eva der Gralsritter.

Nun war alles klar: Der Garten Klingsors, die Prüfung und die Sünde des Stolzes befanden sich auf der Achse, die sie mit dem Pol der Wiedergeburt verband. Später sollte ich entdecken, dass die Achse, die den Campo del Gheto Novo mit dem Teatro La Fenice verband, im rechten Winkel die Achse kreuzte, die durch die Calle Ruzzini führte, und der Länge nach die Spirale des Canal Grande durchschnitt und so in ihre beiden Komponenten teilte, aufsteigend und absteigend. Noch unerwarteter war dann die Feststellung, dass diese Achse parallel zur Längsachse der Einheit Markusplatz-Basilika verlief und beide um etwa 20 Grad gegenüber der Ost-West-Achse verschoben waren.

Im Geist las ich wieder die fesselnden Betrachtungen Evolas über die Sünde des Stolzes.

Der wahre Grund für den Fall Amfortas', wie für den Fall Luzifers und seiner Heerscharen, war der Stolz. Wolfram von Eschenbach läßt Trevrizent, den Bruder des siechen Gralskönigs, der sich zu einem asketischen Leben bei der wilden Quelle zurückgezogen hat, den Grund für Amfortas' Fall erklären. Trevrizent, der die Leiden des Bruders durch seine Askese zu mildern suchte, sagt zu Parsifal, dass man, um das Recht zu haben, den Gral zu hüten, große Kraft und große Tapferkeit beweisen muss; das heißt, man muss rein und frei von Stolz sein. Auf seiner Suche nach der Liebe hatte es Amfortas nicht verstanden, keusch zu bleiben. Die Qual, die ihn zerreißt, ist die Vergeltung für seinen Stolz. Er wurde Gefolgsmann der Orgheluse von Logrois und stürzte sich für diese Frau in Unternehmungen, die von Liebesbegierden angefacht waren, so dass ihn bei einem dieser Kämpfe der vergiftete Lanzenspeer eines untreuen Ritters, der den Gral erobern wollte, an den Geschlechtsorganen verletzte. Der Tod des Feindes half nicht, Amfortas' Wunde wieder zu schließen, noch ihm die die verlorene Manneskraft und den Heldenmut zurückzugewinnen.

In Wirklichkeit nahm Keuschheit unter den Tugenden der Gralshelden nicht den ersten Platz ein: Im Gegenteil, ihre Liebesbeziehungen konnten ruhig zügellos sein, durften aber nicht lange dauern, keine Spuren hinterlassen und vor allem nicht bindend sein. Erst später, in der Version von Robert de Boron, wird der Gralsritter zu dem keuschen Ritter aus Wagners *Parsifal*. Auch die Frauen verkörpern in der Anfangsversion der Gralssage eher das von Aphrodite hergeleitete Modell vieler keltischer Heldinnen, die sich nicht zu lange von ihren Verehrern bitten lassen. Die Keuschheit und die Sublimierung, die daraus folgte, wurden in keiner Weise überbewertet. Was von den Gralsrittern jedoch vermieden werden muss, ist, sich mit der Frau zu vereinen, die als Symbol für Stolz gilt, Orgheluse, die Stolze. Diese Vereinigung würde die Vergiftung ihrer heroischen Männlichkeit nach sich ziehen und sie zu einer qualvollen und unersättlichen Liebe verdammen.

Interessant ist, dass bei Wolfram von Eschenbach das Bestehen der Probe des Stolzes im Traum stattfindet, bei dem Abenteuer im Schloss der Mädchen. Orgheluse, die die Ursache für Amfortas' Ruin war, träumt, dass Gawan, der in Wolframs Sage zu Parsifal parallele Held, die Probe des Stolzes besteht, da es ihr, Orgheluse, nicht gelungen ist, ihn zu verführen und ins Verderben zu stürzen. Die Probe des Stolzes zu bestehen bedeutet, asketische Qualitäten und Fähigkeiten zu haben, kämpfen und gewinnen zu können, indem man jede übermäßige Begierde zügelt. So gelingt es Gawan, Orgheluse zu seiner Braut zu machen, wodurch er dem Schicksal Amfortas' entgeht.

Nord-West-Quadrant

Rückwärts ging ich noch einmal bis zum Campo del Gheto Novo, um auf dem Weg der Kindheit nach Hause zurückzukehren. Eine fieberhafte Aufregung hatte sich meiner bemächtigt.

Als ich den Ponte del Gheto Vechio erreichte, wurde mir bewusst, dass San Barnaba, wo ich wohnte, in etwa auf dem letzten Abschnitt der halben Kreislinie lag, die gegen den Uhrzeigersinn links herum zum Teatro La Fenice zurückführte. Also beschloss ich, streng in diesem Sinne weiterzugehen, während ich die Überlegungen zu Orgheluse, der Frau des Stolzes, wieder aufnahm.

In der Gralssage wird die Frau mit dem Thema der »übernatürlichen Frau« gleichgesetzt. Wenn der Ritter im irdischen Rittertum seine Männlichkeit durch eine ganze Reihe von Unternehmungen, Abenteuer und Heldentaten beweisen muss, so erfolgt der Übergang vom irdischen Rittertum, dessen Antriebskraft die Frau ist, zum himmlischen Rittertum, dessen Gegenstand der Gral ist, dank des Eingreifens einer übernatürlichen Frau.

Den Gegensatz zu Orgheluse, der Stolzen, bildet Obilot, die Frau, die Gawan auf seiner Suche nach dem Gral beschützen wird, »die ihn in jedem bösen Abenteuer verteidigen wird, die ihm Eskorte und Gefolge sein wird, das Dach, das ihn vor Stürmen und Unglück schützt«.

Die erneute Behauptung der mannhaften Wesensart auf einer übersinnlichen Ebene hat zur Folge, dass das Zentrum erreicht und das Recht erlangt wird, das königliche Amt auszuüben. In der indo-arischen Überlieferung ist jede übersinnliche Kraft mit der Frau als Gemahlin verbunden: Shakti. Dieser Name bedeutet auch Macht.

In den verschiedenen Überlieferungen gibt es eine weit verbreitete Symbolik, die die Frau als belebende, verwandelnde Kraft darstellt, durch welche die Überwindung des menschlichen Zustands erfolgen kann; es ergibt sich ein Bild der Frau als belebendes Prinzip und Dienerin des Heiligen.

Die Frau versinnbildlicht den Geist des männlichen Prinzips und der Erhaltung seiner Natur. Die Witwe ist diejenige, die ihren Herrn verloren hat, die keine Kraft oder Macht mehr einflößen kann, sondern nun auf den unbekannten Helden wartet.

In Wagners *Parsifal* realisiert Kundry eine Verschmelzung von zwei Gestalten: Sie ist gleichzeitig eine der Hüterinnen des Gralssitzes und Orgheluse. In dem Augenblick, in dem sie Parsifals Verführung anstrebt, greift sie auf das Bild seiner Mutter zurück, die verwitwet war. Ein Grund dafür ist ihr Versuch, sich selbst an die Stelle der Witwe Herzeleide zu setzen, also derjenigen, die auf einen neuen Helden wartet.

Als ich so über die Bedeutung der Frau als belebende Kraft, Macht, transzendentes Wissen im Gegensatz zur Frau als Objekt der Begierde, Unkeuschheit, Stolz und also grenzenlose Ausschweifung der Wünsche nachdachte, fiel mir Klingsors Kastration ein. Sie stimmt auf gewisse Weise mit der Wunde an seiner Männlichkeit überein, die Amfortas bedrückt, lähmt und entmachtet. Dies erinnert an die Frau im indo-arischen Mythos von Kalki, in dem es den Kriegern, die sie begehren, nicht gelingt, sie zu besitzen; sie werden vielmehr ebenfalls in eine Frau verwandelt und verlieren, wie Amfortas, ihre spirituelle Männlichkeit. Während jedoch Amfortas' Verlust nur eine Verwundung ist, ist Klingsors Verlust radikal und entspricht einer Kastration. Der luziferische Fall Klingsors ist aber dramatischer als der von Amfortas, auch wenn Wagner Klingsor nach dem Verlust der Männlichkeit sagen lässt, er sei frei von Kundrys Einfluss, da er sich nicht in ihren Schlingen verfangen habe.

In Wagners Oper muss Parsifal, um zum Gral zurückkehren zu können, eine »Analyse« durchführen, durch die er die Erinnerung an seine Mutter wiederfindet. Kundry betont, als sie von der Mutter spricht, das Witwentum; das Leiden, das nicht nur mit dem Verlust des Vaters, sondern nach und nach auch des Sohnes zusammenhängt; den Tod.

Hier kommt Parsifals Schuldgefühl ins Spiel, auf dem Kundry dann langsam den Ersatzmechanismus aufbauen kann: die Liebe als Ersatz und Wiedergutmachung für das Schuldgefühl. Die Sublimierung von Kundrys Begierde gegenüber Parsifal erfolgt durch die Projektion dieses Begehrens auf Herzeleides Liebe zu Gamuret. Der Mechanismus ist einfach, aber wirksam: Parsifal ist gleich Gamuret, Kundry gleich Herzeleide.

Die verborgene Bedeutung der Witwenschaft, die Erwartung, erneut von einem Helden besessen zu werden, wird von Kundry übernommen, die ihren Kuss als mütterlichen Segen legitimiert. Hier ist der entscheidende Punkt: Kundrys Ambivalenz, Geliebte und verwitwete Mutter. Der Zauber, der in Wagners Partitur – in den entsprechenden Leitmotiven ausgedrückt – durch den Schmerz, das Erscheinen der Lanze und die Melancholie betont wird, mündet in Bewusstsein. Das Bewusstsein, das Parsifal von seiner Aufgabe hat, wird nur möglich durch den Kuss von Kundry, der Geliebten-Mutter-Witwe. Es ist die mütterliche Komponente, die die Begierde in Bewusstsein umschlagen läßt. Dafür muss die Mütterlichkeit die Projektion der Begierde ertragen.

Die Klärung erfolgt durch die Liebe; das Ende der Angst kann nur durch den Kuss herbeigeführt werden, wie schon bei Siegfried und Brünnhilde, aber die liebende Frau erfährt im einen wie im anderen Fall eine Kontamination mit dem mütterlichen Bild. Die Rückkehr zur Mutter bringt Parsifal, wie auch Siegfried, wieder zu Bewusstsein, analog zu dem, was in den kretischen Höhlenlabyrinthen stattfand, wo die Initiationsriten eine Rückkehr zur Mutter Erde beinhalteten.

Parsifal besteht die Probe, indem er die beiden, sich überlagernden Bilder von Kundry und Herzeleide deutlich trennt: Ergebnis ist die Überlagerung seines Bildes mit dem des Amfortas. Der heroische Charakter behält seine Männlichkeit, indem er das spezifisch »Mütterliche« vom Weiblichen als Begierde trennt und das »Mütterliche« nur in dem engen Gebiet der Fortpflanzung, in einem entschieden amniotisch-aquatischen Bereich ansiedelt.

So bleibt Kundry in ihrer grenzverletzenden Komponente isoliert und wird zurückgewiesen. Ich dachte, dies könne die geheimste Bedeutung des Bestehens der Probe sein.

Parsifal kann jetzt weiterziehen und den Weg wiederfinden, der ihn zum Gral führen wird. Es wird Klingsor nicht gelingen, ihn zu verletzen oder aufzuhalten: Die Lanze, die er gegen ihn schleudert, wird von Parsifal ergriffen, und mit ihr die gesamte Symbolik: die Weltachse, der Lebensbaum, der Berg.

Die Initiation ist vollzogen.

Das Mysterium kann begriffen werden.

Die Zeit wird Raum.

Die Bewusstwerdung erfolgt ausgehend von einer unterschwelligen Ebene. Man kann sich vorstellen, der zweite Aufzug von *Parsifal* finde in einem Traumbereich statt. Den Anstoß zu dieser Lesart gibt der Traum, in dem Orgheluse erkennt, dass Gawan die Probe bestanden hat; aber bei Wagner scheinen Parsifals Schuldgefühl während der Probe und seine dramatische Projektion auf Amfortas, begleitet vom Schmerz der Wunde, aus verschiedenen Schichten des Unbewussten zu kommen. Die konfliktbehafteten Erinnerungen werden mithilfe eines Verarbeitungsmechanismus überwunden und geklärt, dessen Ausgangspunkt der Kuss als mütterlicher Segen ist, während am Ende die Erinnerung, seitens Parsifals und Kundrys, an den Erlöser steht.

Verlust des Ur-Zentrums – Verletzung – Fall – Unbewusstheit. Verarbeitung der Mutterbeziehung – Verletzung – Bewusstsein – Wiedererlangung des Ur-Zentrums. Dies schienen mir die Etappen des kognitiven Prozesses zu sein, die im zweiten Aufzug von Wagners *Parsifal* stattfinden.

Jetzt kann man zum Tempel zurückkehren, dorthin, wo es heißt: »Zum Raum wird die Zeit.«

Die Zeit, in ihrer Sakralität begriffen, wird in der Sakralstruktur des Tempels zum Raum. Die heilige Zeit ist nichts anderes als die Beschwörung des Schöpfungsaktes durch den Ritus. Der Mensch wiederholt und zelebriert die kosmogonischen Phasen, die von Anbeginn stattfanden: Jeder Abschnitt des Jahres ahmt die ursprünglichen göttlichen Tätigkeiten nach, jeder rituelle Zyklus ist eine Kosmogenese.

Auch die sakrale Architektur ist kosmisch. Sie wiederholt symbolisch den Aufbau der Welt, in dem Gott sich gezeigt hat, ist aber auch eine Kosmogenese, das heißt, sie imitiert göttliches Handeln. So wird ein Sakralbau zu einer heiligen Schöpfung. Auf ihre wesentlichen Linien reduziert, knüpft eine architektonische Technik, die das Problem der Schöpfungssymbolik einbegreift, an den Archetyp des Mittelpunkts des Kreises an, der rituell zum Umfang und dann vom Kreis zum Quadrat übergeht.

Der Mittelpunkt entspricht dem Zentrum des Paradieses, wo der Lebensbaum und der Baum der Erkenntnis von Gut und Böse gepflanzt sind und wachsen. Der Kreis der ersten Erscheinung, der das Bild von der Schale des Welteis wachruft, ist die runde Umzäunung des Paradieses.

Im Zentrum des Kreises, auf einer horizontalen Ebene, entspringen die vier Flüsse, die das Wasser des Lebens entlang der vier Himmelsrichtungen über die ganze Erde führen.

So entsteht das erste vierteilige Bild der schöpferischen Ausdehnung, das erste Kreuz. Der Endprozess dieser Genese wird die ganze Welt begründen, deren Charakterisierung die Zahl Vier bestimmen wird, das Quadrat, das Kreuz als Symbol der Universalität. Ich erinnerte mich, dass der »kosmische« architektonische Typus eine Struktur aufweist, die im Wesentlichen aus einer Basis mit quadratischem Querschnitt besteht, darauf eine mehr oder minder lang gezogene kubische Form, überwölbt entweder von einer, nicht unbedingt streng, halbkreisförmigen Kuppel oder von einem »offenen Himmel«, der sie voraussetzt. Beispiele dafür sind, außer den christlichen Kirchen, die buddhistische *stupa* und die islamische *qubbat*. Von oben nach unten betrachtet, stellt der Sakralbau als Ganzes die Ausdehnung des anfänglichen Einheitsprinzips dar, dem das Zentrum der Kuppel entspricht gegenüber dem Quaternio der Erscheinung in der wirklichen Welt. »Der umgekehrte Prozess«, heißt es bei Guénon, »ist in der Legende des Buddha dargestellt, der, als er von den *Mahârâjas* der vier Himmelsrichtungen vier Bettelschalen erhalten hatte, eine einzige Schale daraus machte; dies bedeutet, für das eins gewordene Wesen, dass der ›Graal‹ (um den traditionellen westlichen Ausdruck zu verwenden, der offensichtlich die Entsprechung dieser *pâtra* bezeichnet) wieder einzig ist wie er am Anfang war, das heißt am Ausgangspunkt der kosmischen Erscheinung«[64].

Beim Bau des vedischen Opferaltars finden wir ein lehrreiches Beispiel für ein Verhältnis zwischen Zeit und architektonischem Raum. Hier ist die Symbolik doppelt: Sie betrifft nämlich einerseits die Erschaffung der Welt in ihrem materiellen Aspekt, andererseits die symbolische Integration dieser Welt in die Zeit. Das Wasser, mit dem der Lehm verrührt wird, kommt dem Urwasser gleich; der Lehm entspricht der Erde. Das Jahr wird vom Altar dargestellt; die Nächte von den Endsteinen, die dreihundertsechzig sein müssen, ebenso wie die Ziegelsteine, die die Tage darstellen. »So wird der Altar zum Mikrokosmos, der in einem mystischen Raum und einer mystischen Zeit existiert und sich qualitativ vom profanen Raum und der profanen Zeit unterscheidet«[65].

»Zum Raum wird die Zeit« zeigt also das Bedürfnis nach der Notwendigkeit, ein neues Leben zu beginnen, eine völlige Regenerierung, bekräftigt durch ein Ritual; eine Kosmogenese, die sich in einem geweihten Raum vollzieht, wo die reale Zeit aufgehoben ist. Angetrieben von der Notwendigkeit, sich zu erneuern, hat der Mensch sakrale Räume geschaffen und dabei an die Erschaffung der Welt und die Ausdehnung der Anfangs-Einheit auf die erschaffenen Formen erinnert. Deshalb wird das Kreuz, das einem sakral-architektonischen Typus zu Grunde liegt, zum Symbol der Wandlung, des Übergangs vom Alten zum Neuen.

Die Suche nach dem heiligen Raum war, in den verschiedenen Traditionen, Anstoß für die Gründung der Städte. Ich versuchte, die hermeneutischen Möglichkeiten traditioneller Art zu lesen, die am Gründungsort einer so einzigartigen und unvergleichlichen Stadt wie Venedig verborgen waren.

Über den Ponte de le Guglie, Campo San Geremia und Rio Terrà Lista di Spagna hatte ich den Ponte dei Scalzi erreicht. Vor mir lag der Canal Grande; zum ersten Mal erschien er mir in jener Nacht: unerforschliche magische Schlange, die gewunden in die Seele des Insel-Labyrinths eindrang.

Die Gründung einer Stadt war, ebenso wie die Gründung eines Gebäudes, in fernen Zeiten nicht nur Ausdruck zufälliger Funktionalität, sondern wirkliche und lebendige Darstellung des Heiligen. Eine präzise rituelle Sequenz kennzeichnete in den unterschiedlichen Überlieferungen und Kulturen die Gründung eines Ortes, der für die Besiedelung gewählt worden war.

Gründen hieß so viel wie gerinnen, verdichten, stabilisieren; es entsprach der kosmischen Kraft in ihrer absteigenden, an die irdischen Einflüsse gebundenen Strömung. Mit einem Wort: Eine Stadt zu gründen kam für den Menschen einem Schöpfungsakt gleich, mit dem er den Prozess vom Nicht-Offenbarten zum Offenbarten nachahmte, die ursprüngliche Verdichtung in einer kosmogonischen Perspektive wiederholte. Die Gründung einer Stadt war eine Geburt.

Die »Gerinnung« (antithetisch zu »Auflösung« oder »Dissipation«, die dagegen die Rückkehr des Offenbarten zum Nicht-Offenbarten darstellt) entspricht dem Ritus der Fixierung oder Stabilisierung, den die Chinesen im Altertum bei manchen Objekten anwandten, um die Kreise oder Spiralen gezogen wurden. »In der gesamten antiken Welt wurden Neugründungen, ob es sich nun um Felder, Städte oder Dörfer handelte, dadurch ›stabilisiert‹, dass man um sie herum Spiralen oder Kreise zog«[66].

Dies war der Sinn der Ringmauern, angefangen von den protodynastischen ägyptischen Wällen, mit denen ein Ort des Grabkults umrahmt wurde, bis hin zu den Befestigungsmauern, die die sumerischen Tempel und Städte, entsprechend Wohnung der Götter und Wohnung der lebenden Menschen, umgaben. Der »Rahmen« hatte hauptsächlich eine Schutzfunktion: Verteidigung gegen den äußeren Feind. Darüber hinaus besaß er noch zwei sich ergänzende Funktionen: zu sammeln und zu erhalten.

Schützen, sammeln, erhalten – drei grundlegende Aspekte der Geburt der Stadt, die von einer zentripetalen Kraft charakterisiert sind.

Voraussetzungen für diese drei Funktionen sind Undurchdringlichkeit und Unverderblichkeit. So erscheint der Zusammenhang zwischen Stadtgründung und erneutem Aufbau des Ur-Zentrums, die traditionell einem kosmischen Vorbild folgen, offensichtlich. Die Stadt spiegelte, ebenso wie jedes Gebäude in ihr, ein Bild des Kosmos. Symbolisch wurde ein Heiliges Land gesucht, ein Standort, der die symbolischen Merkmale der Sakralität in sich barg, ein Ort, der den Erwählten vorbehalten werden konnte, in dem sich die Eingeweihten versammeln konnten, um dank einer »entsprechend umrahmten Erkenntnis ohne Schwierigkeiten [...] dem großen Weg« (*Tao-te-King*)[67] zu folgen. Die Stadt wurde so zur Spiegelung des Weltzentrums. Sie musste gegen alle möglichen Aggressionen und Zerstörungen verteidigt, vor den böswilligen Mächten des Chaos geschützt und der kosmischen Wirklichkeit insgesamt angeglichen werden. In diesem Sinn ist auch eine mögliche Reduktion der Symbole auf magische Bedeutung zu sehen.

Die Definition der Stadt als kosmische Wirklichkeit insgesamt und als ihr Ur-Zentrum geschah durch eine Typologie, die sie als Zentrum bezeichnete, umgeben von den vier Himmelsrichtungen und angesiedelt auf einer vertikalen Ebene, die drei

Ebenen verband: eine höhere, eine irdische und eine niedrigere (Himmel, Erde, Unterwelt).

Der etruskische *mundus* stellt die symbolische Verwirklichung dieses Bedeutungsknotens dar: »Es wurde nämlich auf dem jetzigen Comitium eine runde Grube ausgehoben und Erstlinge von allem, was man der Sitte nach als gut oder der Natur nach als notwendig in Gebrauch hatte, da hineingelegt. Zuletzt brachte jeder eine Handvoll Erde aus dem Lande, woher er gekommen war, und warf sie darauf, und dann rührte man alles durcheinander. Diese Grube benennen sie mit demselben Worte wie das Weltall: mundus. Hierauf beschrieb man um sie wie um das Zentrum eines Kreises die Stadtgrenze«[68].

An dem Ort, wo die Stadtgründung stattfand, grub man eine unterirdische Grube mit Gewölbedecke, überragt von einem Altar. Der *mundus* stand so für die Verbindung der drei oben genannten Ebenen und verwirklichte eine Kommunikation zwischen der Welt der Lebenden und der der Toten.

Der Übergang vom Leben zum Tod, von der Welt des Lichts zur Welt der Finsternis, wird auf diese Weise eng mit der Gründung einer Stadt im etruskischen *mundus* verbunden. Bedeutsam war der *exitus*, den die Höllengeister an vorausbestimmten Tagen des Jahres hatten, in dem der *mundus* geöffnet wurde.

Wenn die Verknüpfung der drei Ebenen im Wesentlichen die mysterische Beziehung zwischen Leben und Tod bedeutete, war der Gründungsentwurf der Stadt, der die senkrecht orientierten, in einen Grundkreis eingeschriebenen Achsen bestimmte, nicht nur ein kosmogonisches Schema, sondern er erläuterte, im Hinblick auf den in einen Kreis eingezeichneten Menschen mit ausgebreiteten Armen, auch ein anthropologisches Modell. Nachdem er sich ausgebreitet hatte, nahm der Mensch die Welt in sich auf, indem er eine Verdichtung bewirkte und sich mit ihr identifizierte.

Wenn der Kreis den Himmel in seiner Beziehung zur Erde symbolisiert, symbolisiert der in den Kreis eingeschriebene Mensch das Kreuz der All-Orientierung in Bezug auf sich selbst, auf das »zeitliche« Kreuz auf der Achse, um die die Welt sich dreht (gleichzeitig Süd-Nord und Unten-Oben), und auf das »räumliche«, das sich auf der Ost-West-Achse befindet, im Zusammenhang mit dem Sonnenauf- und -untergang. Bei der Gründung der römischen Städte mit dem von den Etruskern übernommenen *cardo-decumanus*-System, wurde die Orientierung von zwei Straßen vorgegeben, die sich im rechten Winkel schnitten: Eine, der *cardo*, verlief von Norden nach Süden, die andere, der *decumanus*, von Osten nach Westen; auf dem Schnittpunkt der beiden Linien stand der Altar. Mit der Stadtmauer wurde das einfachste Schema der *urbs quadrata* vorgegeben.

Eine komplexe Form einer quadratischen Stadt ist das himmlische Jerusalem in der Beschreibung der *Offenbarung* des Johannes. Sie entspricht in der Tat der Struktur des jüdischen Lagers, wie sie uns im *Vierten Buch Mose* geschildert wird.

Die zwölf Tore des himmlischen Jerusalem, auf denen die Namen der zwölf Stämme Israels geschrieben stehen, entsprechen im jüdischen Lager den zwölf Stämmen, aufgeteilt in vier Gruppen zu je drei Stämmen, die an den Seiten des an den vier Himmelsrichtungen orientierten Quadrats aufgestellt sind. Die zwölf Tore reflektieren eine Sonnensymbolik, denn jedes stellt zwölf Aspekte der Sonne dar, die in Form von zwölf Früchten des Lebensbaums im Zentrum der Stadt erscheinen. »Die Leviten bildeten einen Kreis um den Tabernakel und waren ebenfalls in Gruppen unterteilt, die in den vier Himmelsrichtungen aufgestellt waren; die Hauptgruppe stand im Osten«[69].

Im traditionellen Denken findet man im wesentlichen zwei Orientierungslehren: die »polare« und die »solare«. Die Polarorientierung nimmt den Norden als Bezugspunkt, die »unvergänglichen Sterne« der alten Ägypter; sie stellten die Statue des Djoser im *serdab* der Stufenpyramide von Saqqara mit dem Gesicht nach Norden auf, damit die Augen des Pharaos durch zwei Löcher, die extra an der Nordwand der Kammer angebracht wurden, die Polarsterne betrachten konnten.

In allen Traditionen, nicht nur in der fernöstlichen, wurde der Osten als Geburtsort der Sonne, als der Punkt, wo sie den Menschen erscheint, sich leuchtend in der Schöpfung ausbreitet, immer als die Seite des Lichts (*yang*) gegenüber dem Westen angesehen, und der Westen als dunkle Seite (*yin*) gegenüber dem Osten.

Wenn der Verdichtung, bezogen auf den Begriff der Stadtgründung, immer eine Ausdehnung folgt; wenn der zentripetalen Kraft, die jede Verdichtung begleitet, stets eine zentrifugale Kraft, eine Ausdehnung entspricht, wird klar, warum das Ur-Zentrum, der Kultort, der heilige Tempel, der Altar, die gegründete Stadt an der West-Ost-Achse orientiert und nach der Ausdehnung der Sonne ausgerichtet sind, nach Osten.

Der Osten ist so die Himmelsrichtung, die mit dem Frühlingsäquinoktium und der Geburt verknüpft ist. Im Osten wird das Haus der Lebenden stehen, im Westen, dort, wo die Sonne untergeht, wird man unterirdische Labyrinthe und Kammern graben, dort werden die Grabtempel und die Gräber, der Herbst und das Haus der Toten sein. Bei Sonnenuntergang erglüht der Westen, die riesige Sonnenscheibe taucht langsam in die Wüste ein; im Osten ist der Himmel blau und eisig; die weiße Kugel des Mondes, kaum kleiner als die Sonne, ist das andere Auge des Himmelsfalken. Der Fluss trennt mit seiner Strömung die Lebenden von den Toten, den Mond von der Sonne, den Osten vom Westen.

Die Stadt Venedig ist an der West-Ost-Achse ausgerichtet, wo dem Westen das Festland, dem Osten das Meer entspricht. Wenn das Festland der Ort war, der verlassen werden musste, von dem man fliehen musste, um der Aggression zu entgehen, bot das Meer die Möglichkeit, sich auf die Suche nach dem heiligen Ort für die Gründung der neuen Stadt zu machen. Die Lage des Ortes wies insgesamt eine Reihe erstaunlicher Übereinstimmungen auf: Im Osten befanden sich das Wasser, die Insel, der Lagunen-See, das Labrinth aus Erde und Wasser; lauter Symbologien, die auf das Ur-Zentrum verwiesen, dessen greifbares Abbild die zu gründende Stadt wurde. Venedig scheint eine ebenso tief verborgene wie wunderbare Voraussetzung für ein initiatisches Zentrum in sich zu bergen, dessen Plan sich im Lauf der Zeit als Antwort auf fernes Echo entwickelte. In harmonischem Anklang bildeten sich Darstellungsformen heraus, bei denen man, auch wenn die Botschaft und der Symbolgehalt verloren gegangen waren, weiterhin den mysterischen Charakter wahrnahm.

Die Gründung Venedigs erfolgt nach den ersten Migrationen der venetischen Bevölkerung in die Lagune im Hochmittelalter.

Die Bevölkerungen der römischen Zentren des Veneto – Este, Monselice, Padua, Altino, Oderzo, Concordia, Aquileia – flüchteten anfangs vor dem Einfall der »Barbaren« (Hunnen, Goten, Langobarden und Ostgoten) in die venezianische Lagune und gründeten Verteidigungszentren. Die Bewohner von Padua, Monselice und Este siedelten sich in Chioggia und Malamocco an, die Bewohner von Aquileia ließen sich in Grado nieder, die von Altino in Torcello, die Bevölkerung von Oderzo zog nach Eraclea und die von Concordia nach Caorle. Dies geschah zwischen dem 5. und 7. Jahrhundert n. Chr.

Die Zentren Chioggia, Malamocco, Torcello, Eraclea, Caorle und Grado bildeten später, um das 8. Jahrhundert, das venetische Herzogtum. Um das 9. Jahrhundert empfand die Bevölkerung des Herzogtums die Notwendigkeit eines politischen Zentrums. Die folgende Niederlassung in Rivo Alto ist demnach eine »Wahl«-Entscheidung und erfolgt nicht aus dem Zwang heraus, sich vor Überfällen zu schützen. Die Gründung der Stadt Venedig fin-

det etwa drei Jahrhunderte nach Gründung der ersten Lagunenzentren statt und spiegelt vor allem das dringende Bedürfnis nach einer politischen und geistigen Hauptstadt, nach einer Stadt, die die Bevölkerungen der kleineren Orte anzieht und alle Eigenschaften eines Zentrums besitzt.
Ich wusste, dass die mir bekannten historischen Daten lückenhaft waren, hatte aber andererseits beschlossen, zur Vereinfachung der Lektüre die Theorie wegzulassen, die einen Bruch mit Rom behauptet. Damit wollte ich keineswegs einer geschichtlichen Interpretation gegenüber einer anderen den Vorrang geben. Um jedem Missverständnis vorzubeugen: Meine Entscheidung erfolgte nicht unter einem historischen Gesichtspunkt, sondern in einem Bereich analog zu jener allegorischen Exegese, die Philon von Alexandrien, äquivalent zur historischen Lesart der Mythen, von der Heiligen Schrift anfertigte.

Die offensichtlichen und eindrucksvollen initiatischen Merkmale des natürlichen Standorts von Rivo Alto bildeten vermutlich die Ursache für jene fortschrittliche Ansammlung von Gebäuden und Darstellungen, die Venedig zum beunruhigenden und überraschenden Abbild eines fernen und unwiederbringlich verlorenen Avalon machen. Venedig kann also, im Westen, als traumhafte Wiedererscheinung der Letzten Insel gelten, als Spiegelung jenes Höchsten Zentrums, auf das sich alle antiken Kulturen und Traditionen bezogen.

Venedig, eine unerreichbare, unverletzliche, undurchdringliche Insel, eine Insel, die sich aufsplittert, ein Zentrum, das sich in einer zentrifugalen

Bewegung in viele kleine Insel-Zentren vervielfacht, um sich mit einem beunruhigenden Labyrinth und einem unlösbaren Geheimnis zu umgeben.

Venedig ist als Antwort auf ein »Wahl«-Bedürfnis entstanden, und vielleicht hat seine Gründung einer geheimen symbolisch-rituellen Prozedur gehorcht, auch wenn das, auf historischer Ebene, unwahrscheinlich klingen mag.

Jedenfalls scheint Venedig eine unwiederholbare Verwirklichung dieses traditionellen Bedürfnisses zu sein. In einer Epoche, in der das Denken unweigerlich von einer historistischen Mentalität und Gewöhnung ans Funktionale beeinflusst ist, mag eine solche Hypothese oder, besser gesagt, eine solche Art, die Welt und die Spuren des Heiligen in den Gestaltungen der Werke des Menschen zu betrachten, vielleicht einen Widerwillen auslösen, der nichts weiter ausdrückt als den Zorn über die Entbehrung, das Unbehagen über den Verlust des Auges, das sehen, und des Ohrs, das hören kann.

Ich dachte – ich wiederhole es – weder an eine historische Wirklichkeit noch an einen Plan *a priori*; und noch viel weniger wollte ich beweisen, dass Venedig Stein für Stein, Brücke für Brücke, Kanal für Kanal so gebaut wurde, wie es ist, um eine Stadt zu verwirklichen, deren architektonische Strukturen so weit wie möglich an das Ur-Zentrum erinnerten. Diese Seite des Problems ist völlig nebensächlich und entzieht sich außerdem jeder Möglichkeit einer konkreten und realen Definition. Mich interessierte vielmehr, die Spur einer

Idee wiederzufinden, das Zeichen eines verlorengegangenen Inhalts zu entdecken, die ikonographische Fährte eines Symbols aufzunehmen und anhand dieser Zeichen und Spuren zurückzugehen zu einer Auffassung der Welt als etwas Heiliges, als Gerinnung der ursprünglichen Einheit, als Erscheinung des Göttlichen in der wirklichen Welt, um über den anfänglichen und letzten Sinn der Dinge nachdenken zu können – über den Sinn der antagonistischen Kräfte, die die Welt regieren, über Geburt und Tod, über Exitus und *Reditus*, über Eintauchen und Auftauchen, über Berg und Höhle, über Kelch und Lanze, über aufsteigende und absteigende Treppen, über die Überquerung des Flusses oder des Kanals, über die Form der Brücke, kurz, über die Erscheinungen des Heiligen, deren ikonographische Spuren lebendige Symbole sind. Das Symbol ist das kryptische, leuchtende Bild, das das Heilige in der Welt zurückgelassen hat.

Die Suche nach einem natürlichen Raum für die Gründung einer Stadt setzt die Kenntnis einer Form von heiliger Geographie voraus. Die Wahl eines Standorts oben auf einem Berg oder in Erdhöhlen, an einem Fluss, auf einem See oder in einer komplexen labyrinthischen Struktur wie der von Rivo Alto schließt eine Kenntnis der symbolischen Bedeutungen ein, die dem einen oder anderen Standort anhaften: eine unausgesprochene Tendenz, eine nicht rational ausgedrückte Notwendigkeit, die eigenen Lebens- und Wissensbedürfnisse mit den einst bekannten und dann verloren gegangenen symbolischen Inhalten, die der Standort widerspiegelt, in Einklang zu bringen. Kurz, das Bild des Standorts und seine Gestalt rufen eine Reihe von früher bekannten und dann abhanden gekommenen Symbolgehalten wach, die aber durch ihre Figurationen und ihre Ausstrahlung noch weiter wirken.

In diesem Sinn kann man annehmen, dass für die flüchtende Bevölkerung die Entscheidung für die venetische Lagune, die Wahl von Rivo Alto nicht nur aufgrund der geographischen Beschaffenheit nahe lag, sondern auch und vor allem wegen der vielfältigen Bedeutungen der Elemente, aus denen sie sich zusammensetzte: Wasser, See-Lagune, Insel, Labyrinth. Auf dieser naturgegebenen Symbolik sollte sich später eine Symbolik entwickeln, ausgedrückt in der Architektur des urbanen Standorts, die an die vorherige anknüpfte, ja sich an ihr formte durch die Labyrinthe zu Wasser und zu Lande, einer erstaunlichen Bedeutungslogik folgend: Kanäle, Landwege, Brücken, Campi, Brunnen, Sottoporteghi, Kirchen mit kosmischer Architektur und Struktur des Bogens.

West-Süd-Quadrant

Ich war die Fondamenta di San Simeon Picolo und die Fondamenta de la Croce entlanggegangen und bog dann nach links in die Fondamenta Papadopoli ein, bis ich die Tre Ponti und die entsprechenden Fondamenta erreichte.

Als ich sie überquerte, spürte ich intuitiv, dass ich im Bereich des Übergangs zum letzten Quadranten des absteigenden Halbkreises angelangt war, der gegen den Uhrzeigersinn und linksorientiert nach Süden verlief und, auf der anderen Seite des Canal Grande, an das Teatro La Fenice anschloss.

Mir fiel ein, dass auf dem Wappen mit dem Phoenix an der Theaterfassade die Worte »semper eadem« als Motto eingemeißelt waren. Die ewige Gleichheit mit sich selbst charakterisierte den Phoenix nicht nur als Symbol der Wiedergeburt, sondern auch als Reflex des Ur-Zentrums. Der Rückweg zum Zentrum nach der »Probe der Orgheluse« erlangte im Zusammenhang mit der Handlung des *Parsifal*, der in jenen Tagen zur Aufführung kam, neue symbolische Wertigkeiten.

Unterdessen war es vier Uhr morgens. Plötzliche Müdigkeit überkam mich, und ich ging den mir durch lange Gewohnheit wohl vertrauten Weg entlang, der von den Fondamenta dei Tre Ponti über den Campo Santa Margherita zum Campo San Barnaba führt.

Der angrenzende Sottoportego, in dem sich die Tür öffnete, die zu meiner Wohnung führte, besaß die Typologie des Übergangs von einer Calle zum Campo. Die Symbolik, die ich darin las, glich der, die ich mir im Sottoportego zwischen Calle Stella und Calle Larga dei Boteri überlegt hatte, wohin ich auf meinem Gang in jener Nacht im ersten Quadranten gekommen war, am scheinbaren Ausgang aus dem Labyrinth. Die »Reise an der freien Luft«, der Ausgang, erfolgte jedoch diesmal in einem quadratischen Raum wie dem Campo, an den vier Seiten von Gebäuden begrenzt und unter »freiem Himmel«. Die Aufteilung des Campo erinnert unmissverständlich an den Typus kosmischer Architektur, die eine Basis mit quadratischem Querschnitt aufweist, überwölbt von einer Kuppel oder vom Himmel, der sie mit einschließt.

Wenn der Sottoportego die Typologie des Übergangs von der Calle zum Rio aufweist, das heißt, wenn zwischen der Reise unter freiem Himmel und dem Wasser die dunkle Höhle liegt, so beinhaltet die anklingende Symbolik einerseits das *solve*, das die Erde, den Tod und die Verdichtung – im Leben vorausgegangen – durch die Epiphanie des Wassers projiziert und ausdehnt, und andererseits die Ähnlichkeit zwischen der Höhle, der tellurischen Mutter, und dem Ur-Schoß.

Während ich den Campo San Barnaba bewunderte, wurde mir noch einmal bewusst, dass in Venedig auf den Campi oft ein Ziehbrunnen steht, der in der Achsensymbolik als Projektion des Zentrums der Kuppel betrachtet werden kann, die auf derselben Achse liegt und die man sich erhöht auf der Basis mit quadratischem Grundriss des Campo vorstellt. Folglich wird so erneut die Ausdehnung der ursprünglichen Einheit vom Zentrum zum Quaternio der universellen Erscheinung evoziert.

Der Brunnen drückt eine Symbolik analog zum etruskischen *mundus* aus. Er stellt einen Mikrokosmos dar, in dem, durch die Achsenstruktur, die drei Ebenen des Unterirdischen, der Welt und des Himmels zueinander in Beziehung treten. Dass er tief in die Erde reicht, erlaubt es, mit der Welt der Toten Verbindung aufzunehmen, und der mit Wasser gefüllte Hohlraum steht für den Schoß der tellurischen Muttergöttin.

Die Brunnen Venedigs besitzen ein außergewöhnliches Merkmal: Häufig sind sie von vier Steinblöcken begrenzt, die eine andere Farbe haben – oft weiß – als die übrigen Pflastersteine. Diese

Blöcke umreißen einen imaginären quadratischen Raum, dessen Zentrum der Brunnen bildet. Der Prozess der Ausdehnung der im Mittelpunkt stehenden ursprünglichen Einheit hin zum Quaternio der Erscheinung – dargestellt in den vier Steinblöcken an den vier Ecken – wird so noch einmal ins Gedächtnis gerufen, unabhängig von der Form des Campo.

Die Reise schien mir noch nicht zu Ende. Das Zentrum, La Fenice, blieb auf der anderen Seite des Canal Grande, und der Weg, den ich im Geist zurücklegte, um den absteigenden Halbkreis zu vollenden, befriedigte mich nicht. Trotz der Mühe beschloss ich, bis zum Theater zu gehen. Doch plötzlich, während ich nach Süden die Fondamenta de la Toletta hinunterging, fiel mir ein höchst faszinierender Ort ein, wo seit Jahrhunderten Gondeln gebaut wurden: San Trovaso.

Er befindet sich an einer Spitze des imaginären Dreiecks, das das Teatro La Fenice mit dem Campo San Barnaba und San Trovaso selbst verbindet. Dieser Platz, der in mir stets ein Gefühl zwischen Staunen und Verehrung geweckt hatte, konnte eine sekundäre Spiegelung des Zentrums sein.

Am Ende der Calle de la Toletta angekommen, bog ich rechts in die Fondamenta Toffei ein und erreichte den ersten Campo di San Trovaso, der auf der Längsachse der Kirche lag. Ich ging weiter in Richtung Squero, wandte mich nach rechts und gelangte wie durch Zauberei zu einem Ort, von dem ich spürte, dass er voller sakraler Symbole war.

Der Brunnen in der Mitte war von einem Quadrat aus weißen Steinen umgeben, an dessen Ecken sich wiederum – die Projektion von vier imaginären Säulen – quadratisch behauene Blöcke befanden. Der ganze Campo ist dem Boden gegenüber leicht erhöht, rundherum läuft ein Fußweg, im Nordosten flankiert von einer Kirche, im Südosten von Gebäuden und einer Piazzetta, im Nordwesten noch einmal Gebäude und im Südwesten der Kanal, Rio Ognissanti. Von Südwesten betritt man den Komplex über die Brücke, die den Kanal Ognissanti überquert und deren Längsachse die Querachse des Brunnens schneidet. Gegenüber der Brücke liegt auch der Tempel bzw. die Kirche. Zu dem erhöhten Areal, das an einen Altar denken lässt, führt eine Treppe, und zwar auf der Längsachse der Brücke, die auf die Mitte des Brunnens zuführt. Außerdem ist die Altar-Zone, deren Zentrum der Brunnen mit seiner Achsensymbolik bildet, begrenzt vom Bild des Quaternios, auch über zwei seitliche Treppen zugänglich, eine östlich und eine westlich des Brunnens; die Achse, die durch den Mittelpunkt der Stufen, zu den Seitenteilen horizontal gesehen, verläuft, verbindet die beiden Treppen und schneidet dabei die Mitte des Brunnens.

Der Fußweg, der den erhöhten Bereich begrenzt, besitzt Bedeutungen, die mit der Symbolik des Rahmens zusammenhängen, und wirkt als Fixierung und Stabilisierung. Die Ausdehnung des Zentrums auf den Quaternio wurde wie auf San Barnaba durch den Brunnen dargestellt, der von dem Quadrat aus weißem Stein mit den vier Eckpfeilern eingefasst war.

Die Brücke stellte, wie ich in jener Nacht schon

überlegt hatte, figurativ den Übergang von einem niedrigeren zu einem höheren Seinszustand dar, das heißt, vom Tod zum Leben oder von der Erde zum Himmel: Sie war das Symbol der Weltenachse.

Das sind die Gründe, die die Anordnung der architektonischen Elemente in dem Komplex von San Trovaso unnachahmlich machen: die Längsachse der Brücke über den Rio Ognissanti schneidet rechtwinklig die Achse, die, durch die Mitte des Brunnens verlaufend, die beiden seitlichen Treppen verbindet und dabei durch den Mittelpunkt ihrer Stufen führt, und die senkrechte Achse des Brunnens, die symbolisch auch noch die Weltenachse darstellt.

Durch die Kreuzung der drei Achsen entsteht das Bild des sechsarmigen und dreidimensionalen metaphysischen Kreuzes: »Von Gott, dem Herzen des Universums, gehen endlose Geraden aus, von denen eine nach oben und eine nach hinten verläuft. Indem er seinen Blick auf diese sechs Ebenen richtet wie auf eine immer gleiche Zahl, vollendet Gott die Welt. Er ist der Anfang und das Ende, Alpha und Omega, in ihm erfüllen sich die sechs Phasen der Zeit, in ihm erhalten sie ihre unendliche Ausdehnung: Das ist das Geheimnis der Zahl Sieben«[70].

Das dreidimensionale Kreuz, dessen Höhe und Tiefe durch die vertikale Achse definiert und dessen Breite und Länge durch die Achse, die durch die horizontale Ebene verläuft, dargestellt sind, symbolisiert die Ausdehnung der ursprünglichen Einheit im kosmischen All. Die Annäherung des dreidimensionalen Kreuzes an das Kreuz Christi erscheint in einem Passus des heiligen Irenäus: »Er [Christus] ist selbst das Wort des allmächtigen Gottes, welches in unsichtbarer Gegenwart uns alle zumal durchdringt, und deshalb umfasst er alle Welt, ihre Breite und Länge, ihre Höhe und Tiefe; denn durch das Wort Gottes werden alle Dinge der Ordnung gemäß geleitet; und Gottes Sohn ist in ihnen gekreuzigt, indem er in der Form des Kreuzes allem aufgeprägt ist«.[71]

Durch die Mitte des Brunnens verläuft also symbolisch die Weltenachse, Punkt der vertikalen Vereinigung der drei Ebenen Unterwelt, Erde und Himmel, aber auf ihm steht auch das universelle kosmische Kreuz.

Zahllos sind im Mittelalter die architektonischen Strukturen, die symbolisch die Vier (Erde, Körper) der Drei (Himmel, Geist) gegenüberstellten.

Die Drei ist die Zahl der Seele; auf die Dreieinigkeit, der sie entspricht, spielen die Triade der Apsis und die drei Portale der Fassade an sowie die drei Stufen, die in romanischen Kirchen zum Thron des *pontifex* hinaufführen, der im Osten, im Zentrum der Apsis aufgestellt ist. Senkrecht über der Rückenlehne dieses viereckigen Throns befindet sich außerdem eine kreisrunde Marmorscheibe, die den Himmel verkörpert.

Die Vier ist die Zahl der universalen Erscheinung, der Elemente (Luft, Wasser, Erde, Feuer), der Paradiesesflüsse (Phison, Gihon, Euphrat, Tigris), die die vier Bereiche der Welt bewässern, der Säfte, die den Körper des Menschen durchströmen (*sanguis, phlegma, cholera, melancholia*) und das Temperament oder die Konstitution bestimmen (sanguinisch, phlegmatisch, cholerisch, melancholisch).

Ihre Summe (sieben) oder ihre Multiplikation (zwölf) bedeuten die Vereinigung der Seele mit dem Körper oder der Erde mit dem Himmel.

Ich zählte die Stufen der drei Treppen, die zu dem erhöhten Bereich des Brunnens führten: Die im Südwesten auf der schmaleren Seite des Vierecks hatte vier, die parallel zu den Stufen der Brücke verliefen; die beiden seitlichen Treppen im Nordwesten bzw. Südosten je drei.

Mir wurde sofort klar, dass sich, da die erste Treppe mit ihrem Zentrum, gegenüber den Seitenteilen, auf der Längsachse lag, die von der Brücke zur Mitte des Brunnens führte, und da sich die anderen beiden auf der dazu senkrecht verlaufenden Achse befanden, hier eine klare Kontraposition zwischen der Vier und der Drei ergab. Das Ganze erinnerte mich an die Kapitelle der kleinen Kirche in Rozier-Côtes d'Aurec an der Loire, wo das Spiel der Bezüge und Kontrapositionen zwischen der Vier und der Drei schwindelerregend ist. Neugierig geworden schritt ich den Rahmen-Weg ab, der den erhöhten Bereich umgab, und bewegte mich im Uhrzeigersinn nach rechts, ausgehend von der Treppe mit drei Stufen im Südosten: Als ich bei der gegenüberliegenden angekommen war, zählte ich die Stufen der drei Treppen: 3 + 4 + 3 = 10.

Sofort fiel mir die pythagoreische *Tetraktys* ein, doch die korrekte Formel hätte lauten müssen: 1 + 2 + 3 + 4 = 10. Ich versuchte, die vorherige Formel, die nur die Drei und die Vier enthielt, indirekt an die gewünschte anzupassen, indem ich 1 für die Treppe mit vier Stufen und 2 für die beiden mit drei Stufen setzte, aber die Logik, wenn auch plausibel, überzeugte mich nicht völlig.

Unterdessen wanderte ich langsam weiter durch die Dunkelheit. Unerwartet wurde der Rahmen-Weg, der schon ein Gefälle in der Steigung aufwies, am äußersten Punkt, da, wo er von Westen um den äußersten nördlichen Punkt herumführt und sich nach Osten wendet, von einer Treppe mit zwei Stufen unterbrochen, die die Unebenheit ausglichen.

Mir fehlte nur noch die Zahl Eins. Als ich den äußersten nördlichen Punkt hinter mir gelassen hatte, ging ich nach Osten weiter. Ich überschritt die imaginäre Achse, die von der Brücke durch das Zentrum des Brunnens führt, und fand vor dem Portal der Kirche bzw. des Tempels, genau im Osten, die eine Stufe, die zum letzten Mal den Rahmen-Weg an den erhöhten Bereich anpasste.

Da erschien mir alles klar: Die Treppen des gesamten Komplexes hatten, von Osten gegen den Uhrzeigersinn und linksherum gehend, eine Stufe, zwei Stufen, drei Stufen, vier Stufen. Die quantitative Typologie der Treppenstufen ergab die pythagoreische Formel der *Tetraktys* und bestätigte die Beziehung der quaternären Zahl der universellen Erscheinung mit dem Denar des »zehnten Himmels, der edler als die anderen und ohne jede Bewegung Besitzer seiner ganzen Vollkommenheit ist«.[72]

Ich dachte wieder an die Insel San Michele und an die quadratische Formel ihres Friedhofs. Von der Mitte des Brunnens von San Trovaso zog ich eine Achse bis ins Zentrum des »Quadrats hoch vier« der Insel: Es ergab sich die kosmische Struktur, an der Basis dargestellt durch das »Quadrat hoch vier« von San Michele, überragt von der *Tetraktys* des Areals von San Trovaso, wodurch die auf dem Campo so lebendige Symbolik der Sieben (4 + 3) evoziert wird. Später, beim Studium der Topographie der Stadt, sollte mir auffallen, dass jene Achse durch die Calle Ruzzini führte, den Ausgang des Labyrinths.

Diese Dinge überlegte ich mir, während ich auf der Treppenstufe stand; ich bemerkte, dass eine imaginäre Achse, die durch ihr Zentrum verlief, die Mitte des Brunnens schräg mit dem Portal der Kirche bzw. des Tempels verband. Die Mitte des Brunnens wurde zum Paradies, das in der Symbolik der Zahl Zehn enthalten ist, zugänglich über drei ansteigende Treppen mit 3 + 4 + 3 Stufen. Die letzte Treppenstufe, die genau im Osten lag, war eine absteigende Treppe: der Ausgang aus dem formalen Ur-Zentrum, der, in der Projektion, ins sekundäre Zentrum der Kirche bzw. des Tempels führt.

Einer Eingebung folgend, lief ich zur Brücke und zählte die Stufen, die abwärts zum anderen Ufer führten, dem Ufer der Erde und des Todes: Es waren elf, die Zahl der Sünde, des Bruchs, der Übertretung der Gesetze, der Zehn Gebote; die Zahl der apokalyptischen Zerstörungen des Löwen und des Drachen, die auf den Architraven der Kirche von Beaulieu dargestellt sind, wo wir die elf Fleurons finden, die in der Bedeutung analog sind zu der Girlande mit elf Ringen im Giebelfeld der Kirche von Lévinhac.

Es war erhebend, doch die Rechnung wäre nicht mehr aufgegangen, wenn die Treppe, die von der Brücke zum Ufer des Himmels und des Lebens hinunterführte, die gleiche Anzahl Stufen besessen hätte. Die Elf wäre hier unverständlich gewesen. Langsam, ängstlich mitzählend, stieg ich die Stufen hinunter: Es waren zwölf. Das Ergebnis von 3 x 4, der beiden Treppen, die hinaufführten zum erhöhten Bereich mit dem Zentrum Brunnen-Weltenachse, dem dreidimensionalen kosmischen Kreuz und dem Paradies. Die Zahl der Vereinigung der Materie mit dem Geist, der Seele mit dem Körper, der Erde mit dem Himmel.

Alle diese Symbologien beziehen sich aufeinander und verweisen aufeinander, evozieren erstaunliche Assonanzen, enthüllen scheinbar kryptische Zusammenhänge, doch alle eint ein gemeinsamer Inhalt: die Wiedergeburt.

Langsam machte ich mich auf den Weg nach Hause; man sah schon den beginnenden Kampf des Lichts zur Überwindung der Finsternis. Die Stille war absolut, auch die Möwen schienen verschwunden. Ich überquerte den anderen Campo San Trovaso, der zum gleichnamigen Rio hin gelegen ist, ohne sprechende Symbole, wie aus Antinomie. Dann ging ich die Fondamenta Toffetti entlang, bog links in die Calle de la Toletta ein, folgte den Fondamenta und überquerte den Ponte Lombardo. Im Osten zog eine leichte Helle herauf, ein unsicheres, aber rührendes und geheimnisvolles Licht wie bei jeder Geburt, jeder Wiedergeburt. Ich legte das kurze Stück in der Calle San Barnaba zurück und erreichte den Sottoportego; ich öffnete die Tür, trat noch gedankenverloren und von den Begebenheiten jener Nacht benommen ein. Ich wollte ein Bild finden, das den Sinn dieser Reise festschrieb, ein letztes, überzeugendes Zeichen, das all dies mit Venedig verband, mit seinen Labyrinthen zu Land und zu Wasser, mit seiner unteilbaren und mysteriösen Einheit rund um die Doppelspirale des Canal Grande. Der Umriss des Bildes, das Venedig auf das Wasser der Lagune zeichnete, verwandelte sich in meiner Phantasie langsam in eine Spiegelung des ägyptischen Ideogramms des Fisches *Petrocephalus bane.* Im Alten Reich bedeutete  *bs* (bes) »einführen«, »einweihen«; begleitet von dem Adjektiv  *št3* (sheta), »geheimnisvoll«, hätte es bedeuten können: »Einweihung in ein Mysterium«.

Venedig – Fisch – Einweihung in ein Mysterium. Vielleicht war das Ideogramm  die ferne Bezeichnung einer Utopie.

Der Weg

OR-GHE-LU-SE

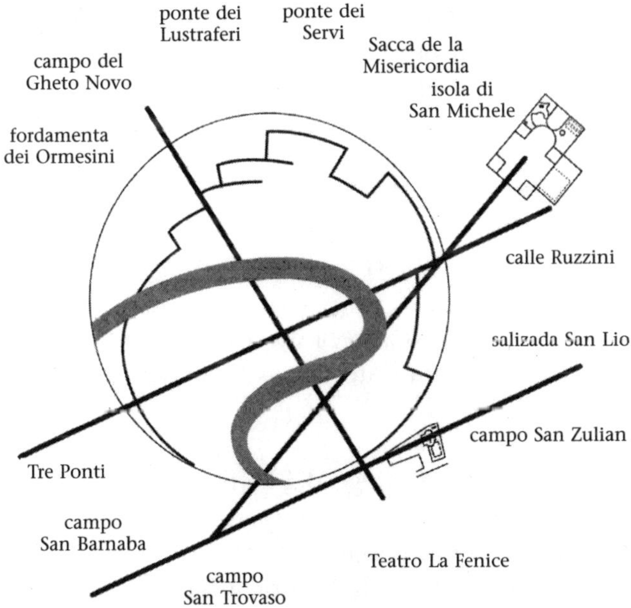

Teatro La Fenice
Calle de la Fenice
Campo San Fantin
Calle del Frutariol
Ponte dei Barcaroli
Frezzaria ↔ Corte dei Pignoli
Sottoportego del Spiron d'Oro
Fondamenta Orseolo
Ponte und Calle Tron
Campo und Calle San Gallo
Calle dei Fabbri
Calle Fiubera ↔ Calle und Sottoportego Catullo
Ponte dei Ferali
Marzerie, Campo, Campiello, Piscina, Calle San Zulian
Sottoportego, Calle und Ponte Balbi
Calle Sant'Antonio ↔ Calle und Corte dei Boteri
Calle Sant'Antonio ↔ Sottoportego, Ramo und Corte Sant'Antonio
Salizada San Lio ↔ Sottoportego und Corte Veniera
...
Calle Stella
Calle larga dei Boteri
Calle Ruzzini
Fondamenta Nove: Sacca de la Misericordia
Calle longa Santa Caterina ↔ Calle dei Colori
Ponte Molin
Calle de la Racheta
Corte und Sottoportego dei Preti
Ponte Racheta
Fondamenta San Felice
Ramo und Ponte de la Misericordia

Campo de la Misericordia ↔ Fondamenta de la Misericordia I ↔ Ponte und Fondamenta de l'Abazia: Sacca de la Misericordia
Fondamenta de la Misericordia II
Campiello Trevisani
Ponte und Corte Vechia
Ponte de la Sacca: Sacca de la Misericordia
Fondamenta Gasparo Contarini
Madonna de l'Orto
Ponte und Calle Loredan
Fondamenta de la Sensa
Ponte und Calle de la Malvasia
Fondamenta dei Ormesini
Ponte del Gheto Novo ↔ Campo de Gheto Novo ↔ Sottoportego, Ponte und Calle del Gheto Novissimo
Ponte del Gheto Novo ↔ Fondamenta dei Ormesini ↔ Ponte dei Lustraferi ↔ Ponte dei Servi
Campo del Gheto Novo
Ponte del Gheto Vechio
...
Ponte de le Guglie
Campo San Geremia
Rio terrà Lista di Spagna
Ponte dei Scalzi
Fondamenta San Simeon Picolo
Fondamenta de la Croce
Fondamenta Papadopoli
Tre Ponti und Fondamenta dei Tre Ponti
...
Campo Santa Margherita
...
Campo San Barnaba

Fondamenta und Calle de la Toletta
Fondamenta Toffetti ↔ Campo San Trovaso I ↔ Campo San Trovaso II
Calle und Fondamenta de la Toletta
Ponte Lombardo
Calle und Sottoportego San Barnaba

Nachwort

Bei den Eleusinischen Mysterien, so scheint es, bestand der Ritus der höchsten Initiationsstufe hauptsächlich darin, eine abgemähte Ähre zu zeigen. Manchen mag es enttäuschend vorkommen, dass die ganze rituelle Maschinerie zur Überwindung der menschlichen Natur (das waren ja die Mysterien) mit einer solchen Kleinigkeit abschloss, um so mehr, als die Ähre in jener bäuerlichen Kultur zum gewohnten Lebenspanorama gehörte. Doch gerade wer sich auf jenem Weg befindet (dem Weg *par excellence*), muss es verstehen, hinter dem Schleier des Verdinglichten, des Vernachlässigten, des nicht Offensichtlichen das wahre Wesen der Welt zu erfassen. Und die erhabenste Methode, dies zu vollbringen, ist, intellektuell die Verbindung der Dinge zu hinterfragen.

In den Religionen und Überlieferungen ist der Begriff der »Bindung« außergewöhnlich präsent: *religio* kommt von *religare,* »miteinander verbinden«, und dies in doppeltem Sinn: horizontal (die Menschen durch einen gleichen Glauben verbinden) und vertikal (die Menschen mit Gott verbinden). *Yoga* kommt aus einer indoeuropäischen Wurzel *yeug*, mit der Bedeutung von »anschirren«, »verbinden« (vgl. das lateinische *jugum, jungere*, das französische *joug*, das englische *join*, das deutsche *Joch*, und so weiter), im doppelten Sinn von »Fügung in das Joch der Disziplin« und »geistige Vereinigung«. Das Wort »Symbol« zeigt in seiner Ableitung von dem griechischen Verb συμβάλλω (»ich füge zusammen«, »ich vereine«) die gleiche Ausdrucksvalenz: Symbole waren im Altertum all jene Gegenstände (wie die *tessera hospitalitatis*), die es, zerbrochen und wieder zusammengesetzt, den Menschen erlaubten, sich zu erkennen und wieder zu vereinen. Symbolisch ist alles, was die verborgenen Zusammenhänge der Dinge enthüllt.

Diese Vorbemerkung nähert uns der strukturellen Besonderheit von Giuseppe Sinopolis Erzählung an: Viele Leser wären vielleicht versucht, die hier vorgenommene Kombination des Wagnerschen *Parsifal* mit Venedig für kaum mehr als zufällig zu halten, zustande gekommen durch ein momentanes Ereignis (die bewundernswerte Interpretation von *Parsifal*, die Sinopoli seiner Geburtsstadt zum Geschenk machte), oder höchstens inspiriert durch eine historische Rechtfertigung (Wagners Liebe zu der Lagunenstadt zum Beispiel). Nichts von alledem. Sinopoli wischt die bloßen Fakten des Tagesgeschehens oder der Geschichte vom Tisch, um zum Kern der Frage vorzudringen, so dass das fortschreitende Abstreifen der groben Schale zur subtilen Essenz führt, dazu, die grundsätzliche Gleichheit der Archetypen aufzuzeigen, auf die sich die zwei untersuchten Gegenstände im Wesentlichen beschränken, und somit ihre geheimen Verbindungen.

Man darf jedoch nicht der Versuchung nachgeben zu glauben, eine solche Arbeit beruhe auf einer vorgefertigten Meinung oder sei eine reine Ausgeburt der Phantasie. Wenn es stimmt, dass in der Welt *tout se tient*, stimmt ebenso, dass sich nicht alle Verbindungen zwischen den Dingen als gleich bedeutungsvoll erweisen. Es gibt Objekte und kulturelle Stilrichtungen, die sich gerade auf das Vergängliche, Unwesentliche, nicht Dauerhafte gründen: so die »Mode« und das »Moderne«, wobei »Mode« von *modus*, »(zeitliche) Grenze« kommt und »Moderne« von dem Adverb *modo*, »jetzt«; sie bezeichnen also den Ausdruck dessen, was auf und durch die gegenwärtige Zeit beschränkt ist. Dialogisch bildet »modern« den Gegensatz zu »antik« (von *ante*, »vor«, also das, was in der Vergangenheit getan wurde), aber vom Wesentlichen her gesehen, bildet »modern« den Gegensatz zu »archaisch« (von ἀρχή »Anfang«, und somit das, was sich auf den Anfang der Dinge bezieht).

Diese scheinbar haarspalterischen Feinheiten sind nötig, um zu erklären, warum es heute unmöglich ist, irgendetwas Antikes hervorzubringen (es wäre ein begrifflicher Widerspruch), während es umgekehrt möglich ist, etwas Archaisches zu erschaffen (da man immer und auf jeden Fall zum Anfang zurückkehren können muss, der an sich zeitlos ist). Das eben Gesagte ist in diesem Zusammenhang von höchster Bedeutung, da Sinopolis Lektüre sich an den Koordinaten des archaischen Denkens entlangbewegt.

Nur scheinbar haben die vom Autor ausgewählten Gegenstände (*Parsifal* und Venedig) nichts miteinander zu tun: Wenn man sich diese Art traditioneller Hermeneutik zur Überwindung der Materie vornimmt, ist die Art Materie, von der man ausgeht, vollkommen gleichgültig; eine solche Lektüre ist in der Tat nicht nur trans-materiell, sondern auch trans-formell (eine authentische *transformatio*). Es wäre auch keine gültige Kritik, zu behaupten, dass die antiken Exegesen nur auf Texte und nicht auf Gegenstände angewendet wurden, da diese sich verschiedentlich über die symbolischen Aspekte der Gegenstände selbst ausließen (so wie Sinopoli zum Beispiel über Kelch und Lanze spricht); insbesondere die Stadt (Venedig) ist nicht irgendein Gegenstand: Sie ist ein Raum, und verweist somit auf die ganze unendliche Kasuistik des sakralen Raums, des *templum* und des τέμενος.

Wenn der Leser, am Ende von Sinopolis reizvoller Arbeit angekommen, diese wenigen Betrachtungen gelesen hat, wird er sich fragen, ob die traditionelle Exegese – als solche und in ihrer Gegenständlichkeit – nicht einen symbolischen Wert besitzt. Selbstverständlich tut sie das.

Jeder Diskurs, der sich gegenüber der ursprünglichen Welt korrekt verhält, ist eine neue Manifestation, eine Erscheinung (jeder Diskurs ist ein *logos*) und entfaltet sich wie diese nach dem symbolischen Schema des Kreuzes. Der horizontale Aspekt ist rein »symbolisch« und hat die Aufgabe, die Dinge mit ihrem Archetypus zu verbinden: Jeder

Kelch wird zu *dem* Kelch, jede Lanze zu *der* Lanze, jede Stadt zu *der* Stadt. Fährt man fort, erreicht man eine solche Reduktion, dass jeder Gegenstand tendenziell zu *dem* Gegenstand schlechthin wird. Der vertikale Aspekt ist die »Anagogie« (von ἀναγωγή, »Erhöhung«), die darauf gerichtet ist, die reine Gegenständlichkeit zu überwinden und die Dinge auf ihre metaphysische Wurzel zurückzuführen. Die erste Lektüre ist archaisch im Sinn von ἀρχέω (»ich schütze«, »ich verteidige«), weil sie den Dingen ihre authentische Bedeutung bewahrt; die zweite ist archaisch im schon genannten Sinn, da sie die Dinge selbst in ihrem Anfang löst. Hierher die beiden Aspekte der Exegese, der konservative und der dissolutive, wodurch sie mit dem kosmischen Rhythmus vergleichbar wird: Im ersten erscheint sie (wie schon gesagt) als Manifestation (»manifestieren«, das heißt, »mit Händen« greifbar machen), im zweiten als Enthüllung (»Apokalypse«, ἀποκάλυψις). Wer in diesem doppelten Rhythmus einen Widerspruch sehen wollte, irrte sich; die Manifestation ist *auch* Enthüllung, und so neigen die beiden Lesarten in Wirklichkeit zu einem, aber in zwei verschiedenen Momenten gelebten einzigen Ziel: Die symbolische (horizontale) Lektüre beabsichtigt, die chronologische Dimension abzuschaffen und eine Rückkehr zur ursprünglichen Situation anzuregen (in der Gegenstand und Archetypus übereinstimmen); die analoge (vertikale) Lesart bewirkt eine Ausschaltung der räumlichen Dimension (und dann kann der Archetypus gegenüber dem superformalen Zustand nicht mehr hervorgehoben werden). Vom initiatischen Gesichtspunkt her entspricht der erste Moment den Kleinen Mysterien (der hermetischen Albedo), der zweite den Großen Mysterien (der hermetischen Rubedo). Kurz gesagt: Alle Dinge streben danach, sich zu vereinen – alle Dinge streben nach Gott.

Zum Abschluss noch einige Betrachtungen über die glückliche Zusammenstellung der Gegenstände, von denen die Erzählung handelt.

Im *Parsifal* gelingt es Wagner wunderbar, die Symbole des Themas zu konzentrieren: *Parsifal* ist eine Epiphanie der Räumlichkeit. Alles findet auf einem Berg statt – auf der Nordseite der Gralstempel, auf der Südseite Klingsors Schloss. Der Name des Gralstempels – Monsalvat – wurde von der mittelalterlichen Pseudoetymologie auf zwei verschiedene Arten gelesen: *mons Silvaticus* und *mons Salvationis*. In Wirklichkeit schließen die beiden Bedeutungen sich nicht aus, sondern ergänzen einander. Calcidius gab in seiner lateinischen Übersetzung des *Timaios* den Terminus ὕλη (»Holz«, »Wald«, aber auch »Rohstoff«) mit *silva* wieder: Also ist *mons Silvaticus* der Ort des nicht geläuterten Rohstoffs, den der Held-Alchimist reinigen und retten wird, weshalb der Ort selbst sich in *mons Salvationis* verwandelt.

Dies impliziert, dass – in Wagners *Parsifal* – der Gralstempel im ersten und im dritten Aufzug nicht denselben Wert hat, was durch die Bewegungen der Szene betont wird, die nahe legen, dass Parsifal und Gurnemanz den Tempel im ersten Akt von links betreten und im dritten Akt von rechts. Der Tempel muss also zwei Eingänge besitzen, einen im

Westen (erster Akt) und einen im Osten (dritter Akt). Parsifal betritt den Tempel zu Anfang mit einer rechtsgerichteten Bewegung, verlässt ihn durch dieselbe Tür und vollzieht mit einer entgegengesetzten linksgerichteten Bewegung eine komplette magische Umrundung des Berges, wobei er erst zur Südseite kommt (Klingsors Schloss) und dann zur Ostseite, die symbolisch der Rückkehr zum Leben und zum Frühling (*Karfreitagszauber*) entspricht, so wie der Aufenthalt auf der Westseite von Tod geprägt war (Tötung des Schwans); zuletzt kommt man durch die neue Tür in den Tempel zurück.

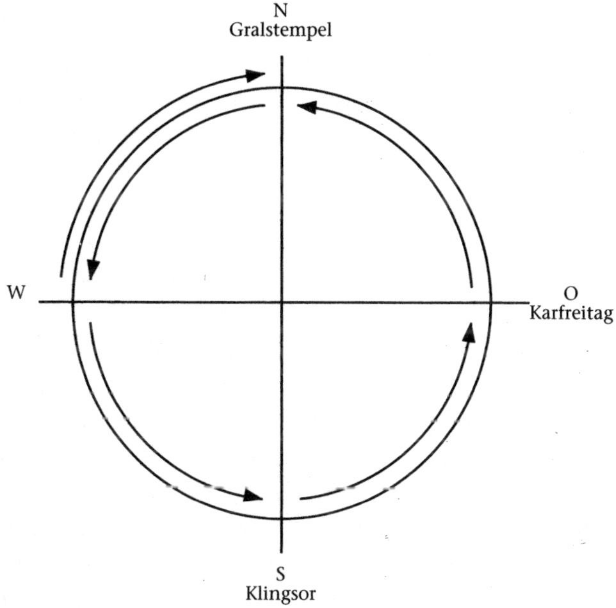

René Guénon hat in seinem Buch *La Grande Triade* perfekt erläutert, dass die magische linksgängige Umrundung rituell eine Orientierung zum Pol hin impliziert und somit eine Rückkehr zur Ursprungs-Situation: Genau das ist Parsifals Reise. Aber was bedeutet in einer solchen Dialektik Klingsors Schloss?

Die Pflanzensymbolik der Oper erleichtert uns das Verständnis. Im ersten Akt ist die Rede von »Wald schattig und ernst« und von »felsiger Boden«: offensichtlich die *silva,* von der wir schon sprachen. Die *silva* ist nicht Vegetation *tout court*: etymologisch hängt sie mit dem griechischen ὕλη, dem englischen *holt* und dem deutschen *Holz* zusammen und scheint von der indoeuropäischen Wurzel *svar-, sul-* (»leuchten«, »glänzen«) abzustammen, von der im Sanskrit *svar* (»Himmel«) und *surja* (»Sonne«), im Griechischen σέλας (»Flamme«) und σειριάω (»verbrennen«), und im Lateinischen *sol* kommt. Das Wort verdeutlicht also den Feueraspekt des Holzes. In Klingsors *Zaubergarten* dagegen sind die tropische Flora, die Mischwesen (die Blumenmädchen) und die Hinweise auf Kundrys Mutterschoß sämtlich Anspielungen auf das Element Wasser.

Was der *Parsifal* auf der Ebene der Pflanzensymbolik entwickelt, scheint sich in Venedig wiederum im mineralischen Bereich zuzutragen: Denn, wie Jean-Paul Roux in seiner Untersuchung über altaische Völker bemerkte, der Stein »ist ewig, ist Symbol des *statischen Lebens*«, während der Baum, zwar dem Zyklus von Leben und Tod unterworfen, aber versehen »mit der unerhörten Gabe der unablässigen Regeneration Symbol des *dynamischen Lebens* ist«; die gleiche Opposition stellen wir zwischen der pflanzlichen Beschaffenheit des Paradieses und der Mineralität des himmlischen Jerusalem fest.

In Venedig ist die Erde annulliert. Die Steine der Lagunenstadt mit der Erde gleichzusetzen, wäre ungenau: Der Stein bildet in Wirklichkeit den »uranischen Aspekt der Erdenqualität«, und nicht nur, weil es Steine (die Meteoriten) gibt, die vom Himmel regnen, sondern weil der archaische Geist die Festigkeit des Felsens mit der der höheren Welt vergleicht. Außerdem enthalten die Steine das Feuer und werden mit dem Blitz verglichen: Wenn zwei Kiesel aufeinander prallen, sprühen die Funken. So wie das Holz des Walds von Monsalvat das Feuer beinhaltet, bergen auch die Steine Venedigs es in ihrem Innersten; und gegen sie kämpft das Meerwasser, genau wie die flüssige Hinterlist Klingsors die Stabilität des Gralstempels unterhöhlt.

»Der Gegensatz verbindet die Dinge«, sagt Heraklit. Hierin liegt vielleicht das Geheimnis der scheinbaren Fragilität Venedigs: Sie wirkt als Herausforderung, gleich der des menschlichen Geistes im Kampf mit der rohen Materie. Die Voluten, die luftige Leichtigkeit der Steine Venedigs – Wette des Geistes gegen die schwerfällige Natur der Welt, Formen in ewiger Agonie gegen das flüssige Chaos – erinnern uns unweigerlich an den zerschnittenen Stein der Freimaurer oder den Stein der Weisen der Alchimisten, an den »Stein, der kein Stein ist«. Jener Stein, der nach Meister Eckhart nur einen Namen hat: Erkenntnis.

Ich erinnere mich, wie Giuseppe Sinopoli und ich uns an einem Spätnachmittag im vergangenen Sommer auf einem Spaziergang in den dunklen Wäldern des Fichtelgebirges östlich von Bayreuth über alles unterhielten, was der *genius loci* uns eingab. Die Rede kam auf *Parsifal*, und ich erzählte ihm, wie sich mir bei der konzertanten Aufführung, die er vor ein paar Jahren in Venedig dirigiert hatte, die unerbittliche Zirkularität dieser Oper offenbart hatte (mehr als bei vielen heutigen verfälschenden Inszenierungen). Nach Hause zurückgekehrt, hatte ich mit größerer Aufmerksamkeit die Regieanweisungen des Autors gelesen und dabei die Vorstellung entwickelt, dass alle Bewegungen des Helden, des reinen Toren, einer einzigen geosymbolischen Erklärung unterworfen waren: Parsifal vollzog einen anfänglichen rechtsgängigen Viertelkreis (von Westen nach Norden), betrat den Gralstempel, verließ ihn wieder, um zu einer vollständigen linksgängigen magischen Umrundung des Berges aufzubrechen, und kam dabei erst nach Süden (Klingsor) und dann nach Osten (Karfreitag).

Ich erinnerte mich nicht – sagte ich –, in der doch weitläufigen Literatur über Wagner je etwas Ähnliches gelesen zu haben: Vielleicht verdiente es die Idee, in einem Aufsatz vertieft zu werden. Das Gespräch wurde vom aufkommenden abendlichen Nebel unterbrochen: Wir riskierten, uns in dem düsteren Wald zu verlaufen. »Man kann sich leicht verirren, wenn man an *Parsifal* denkt«, sagte Sinopoli und erzählte mir, dass er eines Nachts in Venedig nach einer Probe der Oper, verwirrt durch den Zauber der Musik, die noch in ihm nachklang, den Heimweg nicht mehr gefunden hatte.

Beide vergaßen wir, glaube ich, recht bald dieses Gespräch, aber vor wenigen Tagen drängte sich mir die irgendwo in einem Winkel meines Gedächtnisses verborgene Erinnerung daran gebieterisch wieder auf, als ich diesen Text las. Die nächtliche Reise durch Venedig bildete eine perfekte linksgängige magische Umrundung der Stadt, genau wie Parsifals Gang um den Berg (sogar sein Zaudern war nachgeahmt worden): Und nicht nur das, sondern die musikalischen Themen hatten seine Schritte genau zur gleichen befreienden Lösung gelenkt (der *Karfreitag*), an genau der richtigen Stelle: im Osten. Ich begriff jedoch nicht, warum die Lage Venedigs ihn – im Vergleich zum Monsalvat – zu einer exakt umgekehrten Lösung gezwungen hatte: In der Tat liegt das symbolische Zentrum in Venedig im Süden (der Bereich Teatro La Fenice-Markusplatz-Madonna della Salute, d.h. der Rettung). Venedig barg noch ein anderes Geheimnis.

Beim nochmaligen Lesen half mir ein Name, der der Insel San Michele. Warum befand sich der Erzengel mit der Waage, der Engel des *redde rationem*, der Herbstsonnenwende und des Übergangs ins Jenseits im Osten und nicht im Westen, wie es richtig wäre? Was bedeutete diese Umdrehung? Ich überlegte aufmerksamer. San Michele war eine Toteninsel, und ich kannte noch eine berühmte Toteninsel, nämlich Dantes Purgatorium. Dantes Purgatorium ist eine Insel auf der südlichen Hemisphäre, und somit ist dort alles umgedreht, doch Dante – dies hatte ich in einer meiner Arbeiten stu-

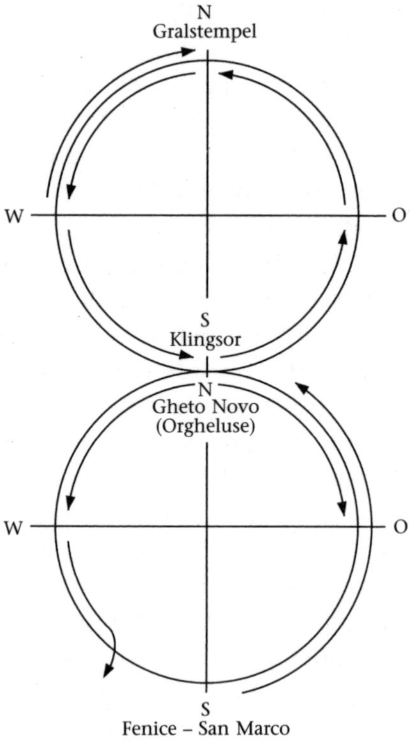

diert – fährt darin mit der linksgängigen Umrundung fort, die er im Inferno begonnen hat. Sinopolis Reise konnte also auch in Danteschen Termini gelesen werden: Teatro La Fenice = Berg Zion → Gheto (Bereich von Orgheluse und Klingsor) = Luzifer → Campo San Trovaso = Paradies: Diese letzte symbolische Gleichung war in Sinopolis langer essayistischer Erzählung offen dargelegt worden.

Die Übereinstimmungen gingen aber noch weiter: Wie bei der Danteschen Reise dreht sich die ganze kosmische Rettungsmaschine um Luzifer, den Gefangenen des Felsens, daher ist der einzige symbolische Berührungspunkt zwischen dem Weg dessen, der erzählt, und Parsifals Weg das Reich von Klingsor und Orgheluse: Dort wird der Süden zum Norden, die Schicksale kreuzen sich, und das Böse bringt die Dinge durcheinander. Dort vollzieht sich der Sturz, die abstrakten und makellosen Parameter des Mythos erlangen die blutige, zähe Konsistenz der Geschichte, der Raum wird schmerzlich wieder zu Zeit.

Parsifals Reise endet dort, wo sie begann; auf der nächtlichen Wanderschaft durch Venedig dagegen schließt der Kreis sich schicksalhaft nicht, denn sie endet nicht am Ausgangspunkt – La Fenice (Phoenix – die Wiedergeburt) –, sondern am Haus des Protagonisten. Dem Haus als Ort der alltäglichen Sorgen, der Mühe des Lebens, des orphischen *semasoma*?

Doch wurde die Reise nicht vergeblich unternommen: Campo San Trovaso ist nicht La Fenice (die Regeneration), gewährt aber dennoch mit dem Wasser seines Brunnens und seinen belebenden Symbolen Reinheit des Geistes und neue Erkenntnis über die Wurzel der Dinge: Er ist der Anfang der Erfahrung der Gnosis.

Bruno Cerchio 1993

Anmerkungen

[1] F. Nietzsche, *Nietzsche contra Wagner*, in: Friedrich Nietzsche, *Der Fall Wagner*, hrsg. v. Dieter Borchmeyer, Leipzig 1895, S. 141.
[2] Ders., Brief an Peter Gast, Nizza, 21. Januar 1887, ebd. S. 530.
[3] Ders., *Der Fall Wagner*, S. 100.
[4] Ebd. Nietzsche bezieht sich hier auf ein Urteil Goethes in Bezug auf Friedrich Schlegel: Brief an Zelter, 20. Oktober 1831.
[5] R. Wagner, *Mein Leben*, München–Leipzig 1994, S. 315.
[6] Ebd. S. 524.
[7] Nietzsche, *Der Fall Wagner*, ebd. S.98.
[8] Ders., *Fragmente aus dem Nachlaß* (1887), in *Der Fall Wagner*, S. 448.
[9] Ders., *Nietzsche contra Wagner* ebd. S. 142-143 (*Wie ich von Wagner loskam).*
[10] M. Eliade, *Mythen, Träume und Mysterien*, Salzburg 1961, S. 241.
[11] W. Burkert, *Griechische Religion der archaischen und klassischen Epoche*, (*Die Religionen der Menschheit*, hg. v. C. M. Schröder, Bd. 15), Stuttgart–Berlin–Köln–Mainz 1977.
[12] Ebd, S. 55.
[13] *An Allmutter Erde*, 17, in *Homerische Hymnen*, griechisch und deutsch, hg. v. Anton Weiher, München 1951, S. 129f.
[14] Ebd., 1-4, S. 129.

[15] Vergil, *Aeneis*, VI, 10-12, übersetzt und herausgegeben von Wilhelm Plankl, Stuttgart 1963.

[16] G. Fabrini da Fighine, C. Malatesta da Rimini, F. Venuti da Cortona, *L'opere di Virgilio Mantovano, commentate in lingua volgare toscana*, appresso i Sessa, Venedig 1623, S. 144.

[17] G. Colli, *La sapienza greca*, I, *Dionisio. Apollo. Eleusi. Orfeo. Museo. Iperborei. Enigma*, Neuausgabe Mailand 1990, S. 24.

[18] Ebd., S. 23-24.

[19] Pausanias, *Beschreibung Griechenlands*, II, 31, 1, Auswahl, Übersetzung aus dem Griechischen und Nachwort von J. Laager, II, *Korinth und Argolis*, Zürich 1998, S. 140.

[20] Fabrini da Fighine, Malatesta da Rimini, Venuti da Cortona, *L'opere di Vigilio*, S. 144.

[21] Ebd.

[22] San Cirillo di Gerusalemme, *Oratio de Resurrectione* (Chatech. Magna, 32).

[23] M. Eliade, *Das Heilige und das Profane*, Hamburg 1957, S. 92.

[24] Ebd., S. 93.

[25] Ebd.

[26] Plutarch, *Lebensbeschreibungen*, Das Leben des Theseus, zitiert nach der Übersetzung von Konrat Ziegler (1954), München ^{2}1979, Bd. I, S. 58 (Kap. 21, 1-2), in Hermann Kern, *Labyrinthe*, München ^{3}1995, S. 46.

[27] M. Détienne, *La scrittura di Orfeo*, ital. Übers., Bari 1990, S. 12.

[28] Ebd., S. 13.

[29] K. Kerény, *Labyrinth-Studien*, Amsterdam-Leipzig, 1948, S. 46-47.

[30] Anaxagoras, *Simplic. Phys.*, 300, 27, in W. H. Pleger, *Die Vorsokratiker*, 3 Bde., Stuttgart 1991, I, S. 124.

[31] Ebd., 163, 18, II, S. 125.

[32] *Pap. Nesiamsu*, übers. von E. A. Wallis Budge, cit. in A. Erman, *Die Religion der Aegypter, ihr Werden und Vergehen in vier Jahrtausenden*, Berlin–Leipzig, 1934, S. 39.

[33] R. Guénon, *Simboli della scienza sacra*, ital. Übers., Mailand 1987, S. 123-124.

[34] *Erstes Buch der Könige*, 7, 23-25.

[35] Ebd., 7, 39.

[36] G. de Champeaux u. S. Sterckx, *Einführung in die Welt der Symbole*, Würzburg 1990, S. 122.

[37] Ebd., S.123.
[38] Buch I, S. 167.
[39] Heraklit, *Fragmente*, München 1926, S. 8.
[40] Lukrez, *De Rerum Natura*, III, 1012, Edizione a cura di E. Paratore, Rom 1960, S. 333.
[41] Aristophanes, *Die Frösche*, 136, 145, in *Sämtliche Komödien*, hrsg. von H. J. Newiger, München 1976, S. 474.
[42] Ebd., 154-159, S. 474.
[43] Heraklit, *Fragment 53*, in *Fragmente*, S. 5.
[44] *Weisheit*, 9, 8-9.
[45] *Genesis*, 28, 16-19.
[46] M. Eliade, in *Întrebari si raspunsuri*, hg. v. A. L. Cioranescu, in »Cercetari Literare«, Bd. I, 1934, S. 72.
[47] R. Guénon, *La grande Triade*, ital. Übers., Mailand 1988, S. 49, Anmerkung 9.
[48] Hesiod, *Werke und Tage*, Deutsch von Thassilo von Scheffer, 1947, S. 82.
[49] Pindar, *Zweite Olympische Ode*, 127-141, in *Die Dichtungen und Fragmente*, verdeutscht und erläutert von L. Wolde, Wiesbaden 1958, S. 13.
[50] Diodor's von Sicilien historische Bibliothek, II, 47, übers. v. J. F. Wurm, Stuttgart 1827.
[51] Ebd. III, 60.
[52] Plutarch, *Das Mondgesicht*, 26, 941, eingeleitet, übersetzt und erläutert von H. Görgemanns, Zürich 1968, S. 63. »Eine Insel, Ogygia, liegt im Meer in der Ferne« (die Antike oder vielleicht die Ozeanische). Hier bezieht sich Plutarch auf den Vers Homers: *Odyssee*, VII, 244.
[53] Prokop, *Gotenkriege*, IV, 20, ed. O. Veh, München 1966, S. 863-879.
[54] Claudio Claudiano, *In Rufinum*, I, 123.
[55] Guénon, *Simboli* cit., S. 179.
[56] *Ebd.*, S. 291.
[57] Origene, *Contro Celso*, IV, 22, edizione a cura di A. Colonna, Turin 1971, S. 508.
[58] Hl. Hieronymus, *Epistula ad Laetam*, in *Epistulae*, hg. v. I. Hilberg, *Pars* II, *Epistulae LXXI-CXX*, Vindobona-Lipsia, 1912 (Neuauflage New York–London 1961), S. 292.
[59] Eliade, *I riti del costruire*, ital. Übers., Mailand 1974, S. 170-171. »Auf dem Grab unseres Herrn wachsen drei Blumen: eine der Gnade, die andere des Willens und die andere, um das Blut zu kurieren.«

[60] Zitiert von F. Ohrt, *Herba Gratia plena*, F. F. Communications, Nr. 82, Helsinki 1929.
[61] Guénon, *Simboli* cit., S. 292.
[62] F. Nietzsche, *Der Antichrist*, Sämtliche Werke, Bd. 6, hg. v. G. Colli und M. Montinari, München 1980.
[63] J. Evola, *Das Mysterium des Grals*, München–Planegg 1955, S. 83.
[64] Guénon, *Simboli* cit., S. 292.
[65] M. Eliade, *Trattato di storia delle religioni*, ital. Übers., Turin, [2]1972, S. 383.
[66] Guénon, *Simboli* cit., S. 344.
[67] A. Waley, *The Book of Changes*, in »Bulletin of the Museum of Far Eastern Antiquities«, Nr. 5, Stockholm 1934, zitiert von Guénon, *Simboli* cit., S. 344.
[68] Plutarch, *Romulus*, 11, 2, in *Große Griechen und Römer*, Bd. I, eingeleitet und übersetzt v. Konrat Ziegler, S. 88.
[69] Guénon, *Simboli* cit., S. 97.
[70] Klemens von Alexandria, cit. in P. Vuillaus, *La Kabbale juive*, I, Paris 1976, S. 215-216.
[71] Hl. Irenäus, *Epideixis*, in Weber, »Bibliothek d. Kirchenväter«, IV, 607.
[72] Michele Scoto, cit. in O. Beigbeder, *Lessico dei simboli medioevali*, ital. Übers., 1989, S. 229.

Inhalt

Ich habe *Parsifal in Venedig* auf Einladung des Consorzio Venezia Nuova geschrieben, wo der Text im Dezember 1991 in einer nicht verkäuflichen Ausgabe veröffentlicht wurde. Dem Consorzio gilt daher mein erster Dank.

Weiterhin möchte ich dem Freund Franco Miracco für die Hilfe danken, die er mir bei der Suche nach Material über Venedig geleistet hat, und dem Freund Paolo Essy für die Mitarbeit.